Chakra Sacro

La guía definitiva para abrir, equilibrar y sanar el Svadhisthana

Su regalo gratuito

¡Gracias por descargar este libro! Si desea aprender más acerca de varios temas de espiritualidad, entonces únase a la comunidad de Mari Silva y obtenga el MP3 de meditación guiada para despertar su tercer ojo. Este MP3 de meditación guiada está diseñado para abrir y fortalecer el tercer ojo para que pueda experimentar un estado superior de conciencia.

https://livetolearn.lpages.co/mari-silva-third-eye-meditation-mp3-spanish/

Índice

Introducción

«Puedes aliviar el dolor y el sufrimiento aprendiendo a cuidar mejor tus chakras». ~ Catherine Carrigan

Hay mucho misterio y confusión alrededor de los chakras, porque son esotéricos y no son fáciles de entender para la mayoría de la gente. Sin embargo, si se toma el tiempo para aprender sobre ellos y cómo activarlos, ¡desbloqueará un nuevo nivel de salud y bienestar!

El chakra sacro, situado en la parte inferior del abdomen, es el segundo chakra del cuerpo energético. Gobierna la creatividad, la sexualidad y la pasión, y suele estar relacionado con los bloqueos emocionales y físicos. Esta guía le ayudará a conocer el chakra sacro, le ayudará también a saber si está bloqueado y a abrirlo y equilibrarlo.

Tanto si está comenzando su viaje hacia la salud y la felicidad como si lleva tiempo recorriendo el camino, esta guía será un recurso muy valioso a medida que avanza en su viaje. El primer capítulo proporciona información de fondo sobre el chakra sacro, incluyendo su historia, mitología, colores, elementos y símbolos asociados. El segundo capítulo explora cómo el chakra sacro puede bloquearse o desequilibrarse.

El tercer capítulo habla de cómo la meditación y la visualización pueden ayudarle a activar su chakra sacro, complementando con mantras y afirmaciones en el cuarto capítulo. El quinto capítulo explora el poder de los mudras y el *pranayama,* mientras que el sexto ofrece posturas y secuencias de yoga específicamente diseñadas para sanar y activar el chakra sacro.

En el séptimo capítulo, se explica el uso de cristales y piedras para sanar y equilibrar el chakra sacro. En el octavo capítulo se habla de la aromaterapia específica para el *Svadhisthana,* y en el noveno se explora la dieta y la nutrición para el chakra sacro. Por último, el décimo capítulo ofrece una rutina de siete días para el chakra sacro que le ayudará a emprender el camino para activarlo y equilibrarlo.

Hay un capítulo extra al final de la guía sobre cómo equilibrar la energía, desde el chakra sacro hasta los chakras superiores. Al cultivar la conciencia y la comprensión de su chakra sacro, descubrirá que puede acceder a un nuevo nivel de salud, felicidad y bienestar en su vida.

Tanto si es nuevo en el mundo de los chakras como si lleva tiempo trabajando con ellos, esta guía le proporciona todo lo que necesita saber sobre el chakra sacro y le explica cómo activarlo, equilibrarlo y sanarlo para conseguir una salud y un bienestar óptimos. Entonces, ¿por qué esperar? Empiece hoy mismo el viaje hacia la activación y el equilibrio del chakra sacro.

Capítulo 1: ¿Qué es *Svadhisthana*?

Los chakras son centros de energía que reciben, procesan y transmiten información por todo el cuerpo. Cuando están equilibrados y alineados, trabajan juntos para mantener un estado de bienestar. Cuando hay un desequilibrio, puede manifestarse en problemas de salud física y mental muy tangibles.

Si está comenzando el aprendizaje sobre los chakras y cómo equilibrarlos, *Svadhisthana* es un buen punto de partida. *Svadhisthana* es el segundo chakra y uno de los siete principales del cuerpo. La palabra *Svadhisthana* significa «morada del yo». Por lo tanto, su *Svadhisthana* es el lugar donde usted reside en su cuerpo. También se conoce como el chakra sacro porque está situado justo debajo del ombligo, en la pelvis.

Este capítulo ofrece una visión general de los chakras, explica el cuerpo energético y analiza las funciones que desempeñan los chakras en el flujo de energía a través del cuerpo. Se centra en el segundo chakra y explica lo que representa, sus colores y elementos asociados y cómo mantenerlo en equilibrio. Al final del capítulo, debería entender qué es *Svadhisthana* y estar en camino de mantenerlo equilibrado.

Los chakras en el cuerpo

Hay siete nodos energéticos giratorios dentro del cuerpo sutil, conocidos como chakras. Son la sede de las emociones y deseos y contribuyen a la salud física. La práctica del yoga a menudo se centra en alinear el sistema de chakras para promover el equilibrio y el bienestar a través de asanas (posturas), *pranayama* (trabajo de respiración) y meditación.

Estos son los siete chakras principales, cada uno de ellos asociado con un aspecto diferente de la personalidad, las emociones o las funciones físicas. Por ejemplo, el chakra raíz está situado en la base de la columna vertebral y se asocia con los sentimientos de seguridad y protección. De abajo a arriba, los siete chakras principales son:

- *Muladhara* (raíz).
- *Svadhisthana* (sacro).
- *Manipura* (plexo solar).
- *Anahata* (corazón).
- *Vishuddha* (garganta).
- *Ajna* (tercer ojo).
- *Sahasrara* (corona).

El bienestar mental y físico mejora alineando la energía que fluye por los chakras y manteniéndolos equilibrados. Diversas técnicas de meditación y otras prácticas mente-cuerpo son útiles porque ayudan a eliminar bloqueos en los chakras y fortalecen su capacidad de absorber y transmitir energía. En definitiva, si se aprende a escuchar los mensajes de los chakras, se puede comprender mejor a sí mismos y allanar el camino hacia una mayor felicidad y salud.

El cuerpo energético

La energía que fluye por el cuerpo, o la fuerza vital, se llama *prana*. Es una fuerza única y fascinante en el mundo físico. En su nivel más simple, el *prana* se refiere a la energía sutil que impregna todo lo que nos rodea. Se puede pensar esta energía como una «fuerza vital» invisible que tienen todos los seres vivos. Sin embargo, el cuerpo energético también tiene otras cualidades importantes, más allá de su presencia física.

En algunas tradiciones antiguas, se cree que el *prana* desempeña un papel esencial en el mantenimiento de la salud física y mental, porque está íntimamente conectado con las emociones y la intuición. Ayuda a regular los niveles de estrés y facilita la comunicación entre las distintas partes de la psique.

Por lo tanto, aunque solemos centrarnos en los efectos tangibles, como dar vida a las plantas o impulsar procesos vitales dentro del cuerpo, también se debe reconocer el importante papel del *prana* en la mejoría de la salud mental y el bienestar general. Por esta razón, muchas prácticas de yoga y meditación se centran en cultivar la conciencia del cuerpo energético y aprender a controlar el flujo de *prana.*

Al nutrir el cuerpo energético mediante la meditación, las prácticas de atención plena y otras actividades holísticas, se desbloquea todo el potencial de felicidad y propósito. Después de todo, como dice la ciencia moderna, una mente sana hace un cuerpo sano.

El papel de los chakras

Todos tenemos siete centros energéticos principales en el cuerpo energético llamados chakras, que son vórtices giratorios de energía y luz con forma de embudo que se corresponden con los principales centros nerviosos y glándulas del cuerpo físico. Leen e interpretan la energía que llega, tanto interna como externamente, y nos mantienen sanos siempre que se mantengan abiertos, equilibrados y fluyendo libremente.

La palabra «chakra» viene del sánscrito *chakra,* que significa «rueda» o «disco». Cada chakra está asociado con una zona del cuerpo y una emoción o aspecto concreto de la personalidad. Cuando están desequilibrados o tensos, los chakras se cierran o bloquean, provocando malestar emocional o físico.

La función de los chakras es interpretar y regular la energía que el cuerpo recibe de uno mismo, de los demás y del entorno. Si se aprende a trabajar con los chakras, se cultiva una mayor conciencia de sí mismo y se mejora el bienestar general. Prácticas como el yoga, el *pranayama* o la meditación también ayudan a activar y desbloquear los chakras para que sigan cumpliendo la función vital de favorecer la prosperidad.

Svadhisthana - El chakra sacro

En sánscrito, «*Svadhisthana*» significa «el lugar de uno» o «la morada de uno». Se trata de disfrutar de la vida y dejarse llevar. Es el lugar donde nos sentimos realmente en casa en el cuerpo y en paz con nosotros mismos. Este chakra tiene que ver con sentirse arraigado en el ser sexual, disfrutar del placer, conectar con los demás, sentirse creativo y experimentar la alegría.

El chakra *Svadhisthana* es uno de los centros energéticos más importantes del cuerpo. Situado en la zona del sacro, rige la creatividad y la sexualidad e influye en la expresión, la confianza y el equilibrio emocional. La conciencia en la forma de expresarse física y emocionalmente es importante para mantener equilibrado el chakra *Svadhisthana*.

Al tomar conciencia de los procesos y patrones internos que impulsan los comportamientos, se pueden gestionar más eficazmente las emociones y es más fácil superar cualquier desafío. Tanto si se toma un camino más espiritual como si se exploran experiencias más mundanas, mantenerse en sintonía con el chakra *Svadhisthana* ayuda a llevar una vida vibrante llena de creatividad y alegría.

Orígenes y primeras escrituras

Svadhisthana tiene una antigua y rica historia en los textos védicos como los *Upanishads*. Las primeras escrituras revelan que este portal energético siempre ha sido visto como una fuente de energía vital y de conocimiento que permite experimentar plenamente el cuerpo físico y el ser interior.

La palabra «*Svadhisthana*» aparece por primera vez en el *Taittiriya Upanishad*, una de las primeras escrituras védicas. En este texto, se describe como una representación simbólica del «semen que contienen los testículos» y está estrechamente relacionado con el segundo chakra en su ubicación y función.

Con el tiempo, el *Svadhisthana* se ha ampliado a todos los ámbitos creativos y emocionales, incluida la expresión de la sexualidad. La mayoría de las tradiciones espirituales reconocen al *Svadhisthana* como un chakra importante para la autoexpresión, la creatividad y el equilibrio emocional.

Ubicación y partes del cuerpo correspondientes

El *Svadhisthana* se encuentra en el sacro, un pequeño hueso de forma triangular situado en la base de la columna vertebral. El sacro es el lugar donde la médula espinal se une con la pelvis, y también el punto de origen de muchos de los nervios y órganos del cuerpo. El plexo sacro, una red de nervios que recorre la parte inferior del abdomen y la pelvis, también se encuentra en esta zona.

Además, el cuerpo sutil está vinculado con *Svadhisthana*, que se corresponde con muchos órganos internos del bajo vientre, como la vejiga, los riñones y los órganos reproductores. Este chakra también gobierna el sistema linfático, una red de tejidos y órganos que combaten las infecciones y eliminan los residuos del cuerpo.

Como uno de los centros energéticos más importantes del cuerpo, *Svadhisthana* desempeña un papel crucial en la salud física, mental y emocional. Aprender a trabajar con este chakra y fortalecerlo a través de diversas prácticas cultiva una mayor sensación de equilibrio y bienestar en todos los aspectos de la vida.

Símbolo, color y elemento asociado

Símbolo del chakra sacro

https://pixabay.com/images/id-2533094/

En muchas tradiciones espirituales, existe la creencia de que la realidad es más de lo que se percibe a simple vista. El mundo físico es una pequeña parte de una imagen mucho más grande, y el cuerpo humano se ve como un vehículo para el alma. Este concepto está representado en el símbolo *Svadhisthana,* que es una vejiga de pez girando.

Este símbolo se utiliza a menudo para representar el portal energético entre el reino físico y el espiritual. Nos recuerda que estamos conectados con algo más grande y que la vida es más que lo que se puede ver y tocar. Meditar en este símbolo ayuda a abrir la mente y el corazón a las infinitas posibilidades que hay más allá del mundo físico.

Svadhisthana se asocia habitualmente con el color naranja, que representa la vitalidad y la creatividad. El naranja representa muchas facetas del ser, desde la vitalidad y la fuerza físicas hasta la creatividad y la pasión. Ya sea en la expresión artística, la exploración de nuevas ideas o simplemente el movimiento y la actividad, el poder de *Svadhisthana* ayuda a dar vida a las ideas y a manifestarlas en la realidad.

El elemento asociado con *Svadhisthana* es el agua, como es natural. El agua es esencial para toda la vida en la tierra, ya que proporciona nutrientes, refresca en el calor del verano y hace posible el crecimiento de las plantas. Además, es crucial en muchos procesos naturales al interactuar y combinarse con otros elementos.

Por ejemplo, la evaporación forma las nubes de lluvia o reduce una masa de agua a un simple goteo. Del mismo modo, el hielo y la nieve tienen un poderoso impacto en el entorno durante los meses más fríos. Todos estos aspectos hacen que el agua sea un componente esencial de la vida en la Tierra, y que encarne perfectamente la energía de *Svadhisthana.*

Rasgos y funcionamiento

Svadhisthana se considera una puerta de entrada a la mente subconsciente y a los impulsos más primarios. Gobierna muchos aspectos de la vida de los que muchas veces no somos conscientes, como los deseos sexuales, la creatividad y las emociones. Por lo tanto, es esencial mantener este chakra en equilibrio. Cuando *Svadhisthana* está desequilibrado, puede generar el sucumbimiento ante los impulsos primarios y la incapacidad de controlar las emociones o el comportamiento.

En cambio, cuando este chakra está en equilibrio, se aprovechan las poderosas energías asociadas a él para que los talentos y los deseos latentes fructifiquen. Ya sea a través de la expresión artística, la actividad física o la intimidad sexual, *Svadhisthana* se encarga de liberar el potencial creativo y ayuda a disfrutar la plenitud de la vida en todos sus aspectos.

Este chakra no solo tiene que ver con los placeres físicos. *Svadhisthana* también es responsable de la capacidad para conectar con los demás emocionalmente y ayuda a forjar relaciones más fuertes y significativas que aportan una mayor plenitud. Por estas razones, mantener este chakra fuerte y sano es importante para disfrutar de todos los aspectos de la vida que rige *Svadhisthana*.

Beneficios de la alineación del chakra *Svadhisthana*

El chakra *Svadhisthana* es esencial para mantener una óptima salud física, mental y emocional. Este sutil centro de energía, situado en la región sacra o pélvica del cuerpo, es responsable de regular los sentimientos de vitalidad, placer, poder y deseo. Cuando está equilibrado, proporciona seguridad y energía. En cambio, cuando está desalineado o bloqueado, se puede experimentar estancamiento o agotamiento.

Afortunadamente, hay muchas formas sencillas de cultivar el equilibrio en el chakra *Svadhisthana* y desbloquear sus múltiples beneficios. Algunas estrategias incluyen las técnicas de meditación enfocadas en la energía de la raíz de este centro, la participación en actividades para estimular los sentidos y promover la creatividad, una dieta saludable que incluye muchas frutas y verduras frescas y la incorporación de ejercicios de conexión a tierra en una rutina diaria. Ya sea que esté buscando lograr un máximo rendimiento en el trabajo o simplemente mejorar su bienestar general, alinear el chakra *Svadhisthana* le ayudará a conseguirlo.

Bienestar emocional

Uno de los principales beneficios de alinear el chakra *Svadhisthana* es la mejora del bienestar emocional. Este centro de energía sutil se llama a menudo «cuerpo emocional», ya que gobierna la capacidad de procesar y expresar las emociones de forma saludable. Cuando este chakra está desequilibrado, se puede experimentar frustración, ira o confusión. Por eso, si se cultiva el equilibrio en esta área, se logra una mayor armonía en las relaciones y en la vida diaria.

La mayoría de las personas podría mejorar su bienestar emocional. Todos pasamos por momentos difíciles y a veces parece que las emociones están fuera de control. Si busca una forma de recuperar el control, alinear su chakra *Svadhisthana* será muy positivo. Cuanto más alineado esté este chakra, mejor equipado estará para gestionar sus emociones de forma saludable y constructiva, ya sea que esté lidiando con el estrés laboral, con un conflicto en su vida personal o con cualquier otro desafío.

Creatividad y expresión

Independientemente de si es artista, músico o escritor, alinear su chakra *Svadhisthana* le ayudará a aprovechar su potencial creativo. Este chakra es la sede de la creatividad, y al concentrarse en él se accede a la sabiduría interior y se abren nuevas posibilidades en el trabajo y en la vida.

Muchos luchamos con bloqueos creativos en algún momento. Si se siente atascado, alinear su chakra *Svadhisthana* puede ayudarle a poner en marcha su proceso creativo. Si es escritor, artista o cualquier otra profesión asociada, este chakra contiene muchas de las respuestas y conocimientos que busca.

Alinear su chakra *Svadhisthana* abre nuevos niveles de creatividad y expresión. Con este chakra en equilibrio, accederá a todo su potencial creativo y superará los obstáculos que antes parecían imposibles.

Mejoría de las relaciones

Tanto si quiere mejorar su vida amorosa como si busca crear vínculos más fuertes con su familia y amigos, alinear su chakra *Svadhisthana* le ayudará. Este centro de energía gobierna la capacidad de dar y recibir amor, y cuando está desequilibrado genera desconexión y soledad.

Si tiene problemas en sus relaciones, alinear su chakra *Svadhisthana* es la clave para cambiar las cosas. Cuando este chakra está equilibrado, se da y se recibe amor con más facilidad, lo que lleva a relaciones más satisfactorias.

Si está buscando una forma de mejorar su vida amorosa o de crear vínculos más fuertes con quienes le rodean, alinear su chakra *Svadhisthana* es un buen punto de partida. Al trabajar en este centro de energía, se abre más al amor y la conexión en todos los aspectos de su vida.

Mejoría de la salud física

Además de promover el bienestar emocional y creativo, alinear el chakra *Svadhisthana* también conduce a una mejor salud física. Este centro de energía gobierna la capacidad de disfrutar del placer y la vitalidad, y cuando está desequilibrado, genera agotamiento y desconexión del cuerpo.

Si quiere mejorar su salud física, alinear el chakra *Svadhisthana* debería ser una de sus prioridades. Cuando este chakra está equilibrado, hay una conexión con el cuerpo en un nivel más profundo y se aprovecha la vitalidad y el placer. Además, puede lograr una mayor salud y bienestar y generar un impacto positivo en todas las áreas de su vida.

Mayor conciencia sensorial

Los sentidos del olfato, el gusto, la vista, el tacto y el oído están regidos por el chakra *Svadhisthana.* Cuando está desequilibrado, se genera desconexión de los sentidos o se generan dificultades para disfrutar de toda la gama de sensaciones que ofrece la vida. Este centro de energía es esencial para conectar con los cinco sentidos, y cuando está equilibrado, abre las posibilidades de una mayor gama de experiencias sensoriales.

Si quiere mejorar su capacidad para saborear, oler, ver, tocar u oír, alinear el chakra *Svadhisthana* puede ayudarle. Con este chakra en equilibrio, conectará con sus sentidos en un nivel más profundo y aprovechará una gran cantidad de experiencias sensoriales que ni siquiera había imaginado posibles.

Mejoría de la intuición

El chakra *Svadhisthana* también está asociado con la intuición, y cuando está en equilibrio, se desarrolla el sentido innato de conocimiento y comprensión. Al conectar con este centro de energía, desbloquea su sabiduría interior y su intuición para saber siempre qué es lo mejor para su trabajo y su vida.

Con este chakra en equilibrio, puede acceder a su intuición con mayor facilidad y claridad y utilizarla para guiar su trabajo y su vida en la dirección que desea. Si está buscando una forma de mejorar su intuición y aprovechar su sabiduría interior, alinear su chakra *Svadhisthana* es el punto de partida perfecto.

Bienestar general

Cuando el chakra *Svadhisthana* está desequilibrado, tiene un efecto devastador en todas las áreas de la vida. Si tiene algún problema, es probable que se deba a un chakra *Svadhisthana* desequilibrado. En cambio, si se concentra en este centro de energía puede restablecer la sensación general de bienestar y lograr una mayor satisfacción en todos los aspectos de su vida.

El chakra *Svadhisthana* desempeña un papel importante en el bienestar emocional, creativo y físico, por lo que se pueden encontrar dificultades en todas las áreas cuando está desequilibrado. Si se concentra en él y lo equilibra, restablecerá su bienestar general y encontrará una mayor paz y satisfacción.

Los chakras son puntos focales de energía situados en el cuerpo energético, que es una contraparte etérea del cuerpo físico y que solo puede verse con el tercer ojo. Cada chakra actúa como un centro que recibe y procesa la energía vital, o *prana.* Son responsables de recibir e intercambiar el *prana,* dirigirlo por todo el cuerpo y distribuirlo por los diferentes órganos.

Hay siete chakras principales: la raíz, el sacro, el plexo solar, el corazón, la garganta, la corona y el tercer ojo; y cada uno está asociado con un color y un símbolo diferentes. La energía fluye a través de los chakras de un extremo a otro, desde el chakra raíz hasta la corona. El chakra *Svadhisthana* se encuentra unos cinco centímetros por debajo del ombligo, en la parte inferior del abdomen.

Recuerde que esto es un viaje, no un destino. Cuando esté preparado para empezar a trabajar en su chakra *Svadhisthana,* debe saber que no hay una forma correcta de hacerlo y que no puede aspirar a un equilibrio perfecto. El objetivo es ser más consciente de su centro de energía y trabajar en él para experimentar los beneficios de un chakra *Svadhisthana* equilibrado.

Haga todo lo posible por mantenerse positivo y paciente durante este proceso, y recuerde que los beneficios valen el esfuerzo. Con un poco de tiempo y paciencia, puede lograr una sensación de bienestar, vitalidad y placer alineando su chakra *Svadhisthana.*

Capítulo 2: ¿Está bloqueado su chakra sacro?

¿Está experimentando bloqueos físicos, emocionales o espirituales en su vida? Si es así, su chakra sacro podría estar obstruido y necesitar una curación. Situado en la parte inferior del abdomen, aproximadamente cinco centímetros por debajo del ombligo y ligeramente por detrás de él, el chakra sacro es uno de los siete centros energéticos del cuerpo conocidos como chakras.

Este poderoso vórtice energético desempeña un papel clave en las relaciones, la creatividad y el sentido de poder personal, sexualidad, placer y comodidad. Cuando el chakra sacro está bloqueado o desequilibrado, se siente ansiedad, desconexión de los demás e imposibilidad de salir de patrones poco saludables. Este capítulo le ayudará a identificar los síntomas de un chakra sacro bloqueado, débil, hiperactivo o desequilibrado.

Al final de este capítulo, hay un cuestionario que le ayudará a determinar si su chakra sacro necesita sanación.

Chakra sacro bloqueado

El chakra sacro o *Svadhisthana*, es un importante centro energético del cuerpo. Situado en la parte inferior del abdomen y asociado con el agua, este chakra desempeña un papel clave en la salud y el bienestar general. Cuando se bloquea o desequilibra, causa síntomas negativos, problemas de salud, ansiedad y depresión. También afecta la capacidad de conexión y comunicación con los demás y provoca dificultades digestivas y sexuales.

Afortunadamente, hay varias técnicas para limpiar y equilibrar el chakra sacro. Los métodos más comunes son la meditación, los ejercicios de visualización, los cambios en la dieta y la terapia de masaje. Al concentrarse en el equilibrio de este importante centro de energía, se recupera la salud y el bienestar interior.

Síntomas de un chakra sacro bloqueado

El chakra sacro gobierna la creatividad, sexualidad, placer y sensualidad. Un chakra sacro bloqueado se manifiesta como estancamiento creativo, disfunción sexual y baja autoestima. Otros síntomas posibles son dolor abdominal, estreñimiento, infecciones de la vejiga y problemas renales. Cuando el chakra sacro está equilibrado, hay creatividad, confianza y satisfacción sexual. Además, hay facilidad para expresar las emociones libremente y disfrutar de relaciones sanas.

Si está experimentando alguno de los síntomas negativos mencionados, puede actuar para desbloquear su chakra sacro. Los cristales como la cornalina y el citrino son útiles para trabajar un chakra sacro bloqueado. También puede probar posturas de yoga como la del guerrero II o la del puente para promover la creatividad y la confianza.

Causas del bloqueo del chakra sacro

Aunque hay muchos factores que pueden generar el bloqueo del chakra sacro, algunas de las causas más comunes son el estrés, los traumas y la preocupación o ansiedad excesivas. Otros posibles desencadenantes son los conflictos en los vínculos y los problemas relacionados con la sexualidad o la intimidad. Algunas personas también sugieren que los traumas infantiles o los abusos sexuales pueden provocar el bloqueo del chakra sacro.

Es fundamental abordar las causas subyacentes para desbloquear y sanar el chakra sacro relajándose más a menudo, liberando emociones negativas como la ira y el resentimiento, buscando el apoyo de amigos y familiares y adoptando un estilo de vida saludable, comiendo de forma equilibrada y haciendo suficiente ejercicio. Con tiempo y paciencia, el chakra sacro recuperará su estado natural de equilibrio y armonía.

Historia de la vida real: La curación del chakra sacro de Tracy

Una mujer llamada Tracy buscó recientemente ayuda para desbloquear su chakra sacro. Ella luchó con síntomas como baja autoestima, disfunción sexual y problemas digestivos durante varios años. Después de consultar con un profesional de la salud, Tracy supo que sus problemas se debían a un chakra sacro desequilibrado.

Decidió probar varias técnicas para desbloquear su chakra sacro. Practicó ejercicios de meditación y visualización, escribió un diario sobre sus sentimientos y adoptó una rutina de ejercicios más activa. Después de un mes de práctica dedicada, Tracy se dio cuenta de que su chakra sacro había empezado a limpiarse y se sentía más segura, creativa y realizada.

Si está luchando con un chakra sacro bloqueado, debe saber que no está solo. Si se toma el tiempo para abordar las causas subyacentes de este desequilibrio, puede limpiar y sanar su chakra sacro de forma natural.

Chakra sacro débil

Al igual que un chakra sacro bloqueado puede generar muchos síntomas negativos y afectar su salud, bienestar y relaciones, un chakra sacro débil también puede ser problemático. Un chakra sacro débil hace que se sienta desconectado de sus emociones, lo que provoca aislamiento o soledad. También es posible que le resulte difícil expresar sus emociones abiertamente o ser creativo en sus actividades.

Además, un chakra sacro débil le pone en riesgo de sufrir dificultades de salud como trastornos digestivos, problemas menstruales, infertilidad y baja libido. También lo hace más susceptible a las adicciones, ya que puede recurrir a sustancias o actividades nocivas para llenar el vacío que siente en su interior.

Síntomas de un chakra sacro débil

Si su chakra sacro está débil, puede sentir varios síntomas, como ansiedad, cambios de humor, dificultad para concentrarse en sus tareas, dificultad para manejar el estrés y apatía. También provoca dificultades físicas como problemas digestivos, síndrome de taquicardia ortostática postural (POTS), bajos niveles de energía e infecciones frecuentes.

Si lucha con estos síntomas u otros relacionados con su chakra sacro, es importante que busque la orientación de un profesional de la salud capacitado que le ayude a abordar las causas subyacentes y a restablecer el equilibrio de su sistema de chakras. Con el cuidado y la atención adecuados, puede recuperar su fuerza y creatividad y encontrar toda la alegría de vivir la vida plenamente.

Causas de un chakra sacro débil

Al igual que con un chakra sacro bloqueado o hiperactivo, hay varias causas posibles para un chakra sacro débil. Entre ellas se encuentran los traumas o abusos en la infancia, una actitud negativa hacia la sexualidad o la intimidad y un exceso de estrés o ansiedad. Algunos medicamentos o tratamientos médicos y una dieta poco saludable también pueden contribuir a un chakra sacro débil.

Es fundamental identificar las causas subyacentes y abordarlas con la ayuda de un profesional capacitado para restablecer el equilibrio del chakra sacro. En algunos casos, es necesario recurrir a la terapia o el asesoramiento para superar los traumas del pasado. En otros casos, basta con hacer cambios en el estilo de vida, como llevar una dieta más saludable o hacer ejercicio con regularidad, para mantener el chakra sacro y promover el bienestar.

Historia de la vida real: La curación del chakra sacro de María

María estuvo luchando con síntomas de un chakra sacro débil durante varios años. Siempre se había sentido emocionalmente distante de los demás y tenía dificultades para conectar con su creatividad. Con el tiempo, estos sentimientos también afectaron a su salud. María se dio cuenta de que tenía problemas digestivos y padecía de cansancio crónico.

Después de investigar y hablar de sus síntomas con su médico, María decidió concentrarse en la sanación de su chakra sacro. Empezó a hacer ejercicio y a seguir una dieta rica en nutrientes, con cereales integrales, frutas, verduras y grasas saludables. En pocos meses, notó que su digestión había mejorado, sus niveles de energía eran más altos y se sentía mucho más feliz y en contacto con sus emociones.

Chakra sacro hiperactivo

El chakra sacro hiperactivo se caracteriza por generar inseguridad, falta de confianza en sí mismo e incapacidad para dejar de lado sentimientos u opiniones determinadas. Cuando el chakra sacro está hiperactivo, produce un exceso de emocionalidad o sexualidad, y aumenta el riesgo de adicciones o comportamientos autodestructivos.

Si sospecha que su chakra sacro está desequilibrado, puede hacer algunas cosas para restablecer la armonía. En primer lugar, pase tiempo cerca de masas de agua, como lagos u océanos. También puede meditar sobre el color naranja o llevar ropa de ese color. Por último, coma alimentos con mucha agua, como pepinos o naranjas.

Si sigue estos pasos, ayudará a su chakra sacro a equilibrarse y restablecerá la armonía en su vida.

Síntomas de un chakra sacro hiperactivo

Cuando uno de los chakras está hiperactivo, da lugar a diversos síntomas. Por ejemplo, un chakra raíz hiperactivo puede provocar ansiedad o inseguridad, mientras que un chakra del plexo solar poco activo provoca problemas digestivos. Otros síntomas de un chakra hiperactivo son el insomnio, los dolores de cabeza y los pensamientos acelerados.

Si usted experimenta alguno de estos síntomas, es importante que busque un sanador espiritual cualificado que le ayude a equilibrar sus chakras. Con la ayuda de un profesional capacitado, usted puede restaurar la paz y la armonía en su mente y su cuerpo.

Causas de un chakra sacro hiperactivo

Cuando este centro de energía está hiperactivo, se manifiesta en síntomas físicos y emocionales que incluyen el aumento de estrés, el insomnio, la baja libido, la depresión, dolores crónicos y retención de líquidos. Si experimenta alguno de estos síntomas y sospecha que su chakra sacro está desequilibrado, realice actividades para abrir las energías curativas naturales del cuerpo.

Algunas estrategias sencillas son tomar una clase de yoga o un masaje. Estas estrategias se concentran en la estimulación de la zona pélvica, la práctica de ejercicios de respiración profunda y meditaciones guiadas para conectarse con el momento presente del cuerpo. Además, puede dedicar tiempo a actividades creativas como pintar o escribir un diario.

Al reconectar con su cuerpo a través de estas prácticas, restablecerá la armonía de su chakra sacro y recuperará la alegría y la vitalidad.

Historia de la vida real: La curación del chakra sacro de Sarah

Sarah luchó con un chakra sacro hiperactivo durante varios años. Siempre había sido una persona muy sensible. A veces se sentía tan abrumada por sus sentimientos que actuaba impulsivamente o arremetía contra quienes la rodeaban.

Además de sus problemas emocionales, Sarah sufría dolores crónicos y problemas digestivos. Había acudido a varios médicos, pero ninguno pudo encontrar la causa de sus problemas.

Frustrada y sin esperanza, Sarah decidió buscar un sanador espiritual especializado en la curación de los chakras. Tras varios meses de trabajo energético regular y una dieta desintoxicante, Sarah recuperó por fin su equilibrio.

Sus arrebatos emocionales disminuyeron, su dolor crónico mejoró, sus niveles de energía aumentaron y se sintió mucho más positiva y en sintonía con su cuerpo. Hoy en día, Sarah acude regularmente a su sanador y sigue un estilo de vida saludable que mantiene su chakra sacro equilibrado.

Chakra sacro desequilibrado

El chakra sacro es responsable de la creatividad, sexualidad y sentido del placer. Cuando está desequilibrado, provoca síntomas físicos, mentales y emocionales. Produce cansancio, ansiedad o depresión y causa problemas para concentrarse o dormir. El cuerpo está desalineado y se experimenta dolor o malestar.

Hay varias formas de equilibrar los chakras: meditar, practicar yoga o Tai Chi o recibir trabajo energético de un profesional certificado. También puede utilizar cristales y aceites esenciales. Si se toma un tiempo para concentrarse en el equilibrio de sus chakras, puede restaurar la armonía y el bienestar de su mente, cuerpo y espíritu.

Síntomas de un chakra sacro desequilibrado

Cuando el chakra sacro está desequilibrado, provoca muchos síntomas físicos, emocionales y psicológicos. Algunos de los signos más comunes de un chakra sacro desequilibrado son el dolor crónico, la baja libido, los problemas digestivos y la depresión. Cuando el chakra sacro está desequilibrado, genera desconexión con los sentimientos y deseos o dificultad para expresarse emocionalmente. También produce bloqueos creativos o falta de disfrute por las aficiones e intereses.

Si experimenta alguno de estos síntomas y sospecha que su chakra sacro está desequilibrado, hay muchas estrategias que pueden ayudarle a recuperar la armonía. Algunos métodos sencillos son pasar tiempo en la naturaleza, practicar la meditación o la atención plena y dedicarse a actividades creativas.

Causas de un chakra sacro desequilibrado

Hay muchas causas potenciales de un chakra sacro desequilibrado. Una muy común es la falta de afecto físico en la infancia. Si no tuvo suficientes abrazos o afecto cuando era niño, esto pudo generar sentimientos de profunda inseguridad y la idea de que no es digno de amor. Por esto, su capacidad de experimentar placer y creatividad en la adultez puede estar bloqueada.

Otra causa común de desequilibrio del chakra sacro es un trauma sexual, emocional o físico. Si ha sufrido algún trauma, es esencial que busque ayuda profesional para sanar las heridas. Una vez superados los traumas, es probable que el chakra sacro se equilibre.

Por último, reprimir constantemente su creatividad o su sexualidad también puede conducir a un chakra sacro desequilibrado. Si ha estado reprimiendo sus verdaderos deseos durante mucho tiempo, es importante que empiece a explorar estos sentimientos para alinear su chakra.

Historia de la vida real: La curación del chakra sacro de Jennie

Jennie es una mujer de 38 años, madre de dos hijos, que siempre fue muy creativa. Le encanta cantar, escribir y bailar y siempre le ha apasionado expresarse creativamente. Desgraciadamente, la carrera de Jennie siempre tuvo prioridad, y rara vez tenía tiempo para sus aficiones.

Durante años, Jennie se sintió frustrada por este desequilibrio en su vida. Se sentía atascada e infeliz, pero no sabía cómo sacar tiempo para sus actividades creativas. Finalmente, Jennie empezó a acudir a un terapeuta para que la ayudara a lidiar con su descontento.

Después de varios meses, el terapeuta de Jennie la ayudó a darse cuenta de que estaba reprimiendo su creatividad para hacer frente a su baja autoestima. De niña, sus padres y profesores le decían que no era lo suficientemente buena, y esta creencia la llevó a reprimir su creatividad.

Cuando Jennie empezó a explorar de nuevo su creatividad, se sintió más equilibrada y realizada. Sacó tiempo para sus aficiones e incluso se dedicó a las artes. Gracias a su chakra sacro recién equilibrado, Jennie es feliz y próspera.

Comprobación del equilibrio de su chakra sacro: Cuestionario

Mantener el equilibrio de sus chakras es esencial para conservar la armonía de su mente, cuerpo y espíritu. Haga este rápido test si sospecha que su chakra sacro está desequilibrado. Hay cuatro respuestas posibles para cada pregunta, así que asegúrese de elegir la que mejor lo describe.

1. **Cuando era niño, ¿con qué frecuencia recibía afecto físico de sus padres o cuidadores?**
   a) A menudo.
   b) A veces.
   c) Raramente.
   d) Nunca.
2. **¿Cómo expresa sus emociones?**
   a) Soy muy abierto y honesto con mis sentimientos.
   a) Tiendo a guardarme mis emociones.
   b) Me cuesta expresar mis emociones.
   c) Tiendo a emocionarme con mucha facilidad, incluso cuando puede no ser apropiado.
3. **¿Cómo se siente respecto a su capacidad creativa?**
   a) Tengo mucha confianza en mis capacidades creativas y las utilizo a menudo en mi trabajo o en mis aficiones.
   b) Tengo cierta confianza en mis capacidades creativas y disfruto expresándolas en mi tiempo libre.

c) No confío en mis capacidades creativas, pero intento utilizarlas en mi tiempo libre.

d) No tengo mucha confianza en mis habilidades creativas y rara vez expreso esa parte de mí.

4. **¿Cuándo fue la última vez que probó algo nuevo?**

a) En el último mes.

b) En el último año.

c) Hace más de un año.

d) No lo recuerdo.

5. **¿Cómo se siente con su sexualidad?**

a) Me siento muy cómodo con mi sexualidad.

b) Me siento algo cómodo con mi sexualidad.

c) Me siento incómodo con mi sexualidad.

d) Me siento muy incómodo con mi sexualidad.

6. **¿Tiene algún miedo o complejo en lo que respecta a la intimidad?**

a) No, estoy muy abierto a la intimidad.

b) Algunos, pero estoy trabajando para superarlos.

c) Sí, tengo muchos miedos y complejos en lo que respecta a la intimidad.

d) No pienso en la intimidad.

7. **¿Cómo describiría su nivel de energía?**

a) Alto.

b) Moderado.

c) Bajo.

d) No noto mi nivel de energía.

8. **¿Le gusta estar rodeado de gente o estar solo?**

a) Me gusta estar rodeado de gente y a menudo me siento inquieto cuando estoy solo durante mucho tiempo.

b) Me gusta estar rodeado de gente, pero no me importa pasar tiempo a solas si es necesario.

c) No me gusta estar rodeado de gente, pero no me importa si es necesario.

d) Prefiero pasar mi tiempo a solas y a menudo me siento agotado después de estar demasiado tiempo rodeado de gente.

9. **¿Es capaz de desprenderse de las cosas con facilidad?**
   a) Sí, muy fácilmente.
   b) A veces puede ser difícil, dependiendo de lo que ocurra en mi vida.
   c) No, me cuesta desprenderme de las cosas.
   d) Depende de lo que tenga que soltar.

10. **¿Vive de forma impulsiva o planifica todo con antelación?**
   a) No vivo impulsivamente y rara vez tomo decisiones por capricho.
   b) Intento planificar las cosas lo mejor posible, pero a veces me dejo llevar por mi instinto.
   c) Siempre planifico las cosas con antelación en la medida de lo posible.
   d) No planifico las cosas con antelación ni tomo decisiones por capricho.

Clave del cuestionario del chakra sacro

Si ha respondido a la mayoría de las preguntas anteriores con la opción A, lo más probable es que su chakra sacro esté abierto y equilibrado. Significa que tiene un buen sentido de la creatividad, la sexualidad y la autoestima. Es probable que le guste probar cosas nuevas y que se sienta bien con lo que es. También se siente cómodo en su piel y le gusta estar rodeado de gente.

Si su respuesta a las preguntas anteriores es mayoritariamente B, su chakra sacro probablemente está abierto y equilibrado, pero podría necesitar un poco de trabajo. Significa que probablemente tiene un buen sentido de la creatividad, la sexualidad y la autoestima, pero hay algunas áreas en las que podría mejorar.

Si ha respondido mayoritariamente con C a las preguntas anteriores, es probable que su chakra sacro esté bloqueado. Esto significa que puede tener dificultades para expresarse de forma creativa, sentirse incómodo con los demás, experimentar bajos niveles de energía, carecer de motivación y tener dificultades con la intimidad.

Si ha respondido mayoritariamente con D a las preguntas anteriores, es probable que su chakra sacro esté hiperactivo. Esto significa que probablemente tenga deseos sexuales excesivos o exagerados, un exceso de ideas creativas y un alto nivel de energía. También le resulta difícil concentrarse en una cosa y se distrae fácilmente.

Si experimenta cualquier síntoma de un chakra sacro bloqueado, desequilibrado o hiperactivo, es útil que busque la ayuda de un terapeuta u otro profesional para que le guíe en su camino hacia el bienestar y el equilibrio. Hay varias maneras de trabajar en la curación y la apertura de su chakra sacro para recuperar el equilibrio en su vida, ya sea a través de la meditación, la terapia u otras técnicas.

Capítulo 3: Meditación y visualización del chakra sacro

«La meditación no es una evasión; es un encuentro sereno con la realidad». - Thich Nhat Hanh

La meditación es un proceso para calmar la mente, tomar conciencia de los pensamientos y las emociones y desarrollar paz interior. Se ha demostrado que la meditación tiene muchos beneficios para la salud, como la reducción del estrés y la ansiedad, el aumento de la concentración, una mejora del sueño y un sistema inmunitario más fuerte. La meditación puede realizarse en cualquier lugar y en cualquier momento, y es una actividad que cualquiera puede disfrutar.

Hay muchas formas diferentes de meditar. Se puede practicar la meditación de atención plena concentrándose en la respiración, utilizar un mantra y meditar sentado o caminando. Además, puede utilizar diferentes objetos para la meditación, desde la música hasta la luz de las velas o el arte. Todas estas cosas ayudan a abrir los chakras inferiores y a integrar las energías de *Svadhisthana* en la vida diaria.

Este capítulo sobre la meditación y la visualización sacra profundiza en los métodos utilizados para abrir este chakra y ofrece algunos consejos útiles para empezar. Así que, comencemos.

Meditación y visualización

La meditación y la visualización son dos de las prácticas más comunes para abrir el chakra sacro. La meditación es una práctica que existe desde hace miles de años. Es un ejercicio que le permite enfocar su mente en una cosa o pensamiento mientras la despeja de todo lo demás. Se realiza a menudo con la ayuda de mantras, que son sonidos sagrados que se pronuncian o cantan durante la práctica. Los mantras se utilizan para despejar la mente, abrir los chakras y propiciar el crecimiento espiritual.

La visualización es cuando se ve a usted mismo haciendo algo mediante el ojo de su mente. Se ve haciéndolo como si fuera real, aunque solo esté ocurriendo dentro de su cabeza. La visualización le ayuda a estar más en sintonía con sus emociones y sentimientos para que no lo controlen. Por el contrario, servirán de guía para sus decisiones y acciones en la vida.

Es importante incluir tanto la meditación como la visualización en su rutina diaria para abrir el chakra sacro. Juntas, ambas prácticas ayudan a eliminar cualquier bloqueo que le impida acceder plenamente a su potencial creativo.

Beneficios generales de la meditación y la visualización

Antes de hablar de los métodos específicos para abrir el chakra sacro, es esencial hablar de los múltiples beneficios para la salud que ofrecen la meditación y la visualización. Se ha demostrado que ambas prácticas mejoran la salud de muchas maneras, entre ellas:

Relajación

El primer y más obvio beneficio de la meditación es la relajación. La meditación es una forma eficaz de reducir el estrés y la ansiedad. Cuando concentra su mente en una sola cosa, permite que su cuerpo se relaje y libere cualquier tensión. La meditación mejora el sueño, aumenta la energía y favorece una sensación general de bienestar.

Aumento de la concentración

Una queja común en la sociedad actual es que hay demasiadas distracciones. Los medios de comunicación nos bombardean constantemente con información, y es difícil concentrarse en una cosa durante un período prolongado. Se ha demostrado que la meditación ayuda a mejorar el enfoque y la concentración, lo que facilita la realización de tareas sin distraerse.

Dormir mejor

¿Tiene problemas de insomnio? Los estudios han demostrado que la meditación mejora la calidad del sueño, lo que significa que se sentirá más descansado y fresco cuando se despierta por la mañana. También ayuda a reducir la ansiedad y el estrés, dos de las causas más comunes del insomnio. El efecto relajante de la meditación ayuda a dormirse más rápido y a mantener el sueño durante más tiempo.

Mayor inmunidad

Con el estrés o la ansiedad, el cuerpo entra en un estado de lucha o escape. Se trata de un mecanismo primario de supervivencia que en su momento fue esencial para que nuestros antepasados sobrevivieran en la naturaleza. Por desgracia, este mecanismo no ha evolucionado para adaptarse al estrés de la vida moderna.

Como resultado, cuando nos encontramos en este estado de estrés crónico, el cuerpo se sobrecarga y produce hormonas de estrés, que son perjudiciales y desgastan el sistema inmunológico. Esto provoca diversos problemas de salud, como resfriados, gripe y otras enfermedades.

Se ha demostrado que la meditación ayuda al cuerpo a salir del estado de estrés crónico, dando al sistema inmunitario un descanso muy necesario. Como resultado, las personas que meditan regularmente son menos propensas a las enfermedades.

Desbloquear, sanar y equilibrar el chakra sacro

Aunque la meditación y la visualización ofrecen muchos beneficios para la salud, también pueden utilizarse para abrir los chakras bloqueados. Cuando esto sucede, se aprovecha el inmenso potencial curativo del cuerpo energético sutil. Esto conduce a mejoras radicales en la salud mental, emocional y física.

El chakra sacro está estrechamente relacionado con las emociones, por lo que muchos de los beneficios de tenerlo abierto están relacionados con la salud emocional. Por ejemplo, una mejor preparación para lidiar con emociones difíciles como la tristeza, la ira y el miedo. También una mayor apertura a nuevas experiencias y más creatividad.

Si está buscando una forma de abrir su chakra sacro, puede probar varios métodos diferentes. La siguiente sección explora algunas de las formas más eficaces de meditar y visualizar para lograr este resultado.

Ejercicios de meditación guiada para abrir el chakra sacro

La meditación guiada es una poderosa herramienta para encontrar la paz interior y despejar la mente de distracciones. Una de las mejores maneras de abrir y equilibrar el chakra sacro es a través de ejercicios de meditación guiada diseñados específicamente para este centro de energía. Estos ejercicios suelen implicar la respiración profunda y la visualización, que ayudan a concentrarse en la respiración y en las sensaciones que produce.

Puede utilizar visualizaciones específicas, como imaginar una esfera naranja brillante en lo más profundo de su abdomen, o simplemente concentrarse en cualquier sensación que surja, desde vibraciones hasta hormigueos o sensaciones térmicas. Con la práctica regular, los ejercicios de meditación guiada le ayudarán a abrir y fortalecer su chakra sacro, permitiendo que se sienta más enraizado, enfocado y en contacto con su intuición.

Visualizar la mente como un lago

Imagine su mente como un lago o estanque. Visualice que las aguas son tranquilas y claras, con olas que ondulan suavemente. Sumérjase en la superficie y sienta la tranquilidad del agua que le envuelve. Imagine que el agua llena su cuerpo de vitalidad y renueva su energía mientras respira. Suelte todo lo que no le sirva al exhalar y observe cómo se disipa en el agua. Haga esta visualización durante varios minutos hasta que sienta una sensación de paz y equilibrio en su interior.

Visualizar el chakra sacro como una flor de loto

Visualice su chakra sacro como una flor de loto, vibrante y viva. La flor de loto crece en aguas turbias, pero emerge limpia y pura. Esto simboliza que incluso cuando la vida está llena de desafíos, podemos superarlos y florecer con nuestro verdadero potencial. Al igual que la flor de loto se vuelve hacia el sol, también deberíamos volvernos hacia la luz de la naturaleza divina. Al visualizar el chakra sacro como una flor de loto, trae equilibrio y armonía a su vida.

Cuando se sienta preparado, vuelva a concentrarse lentamente en el momento presente. Abra lentamente los ojos y vuelva a la conciencia habitual. Tal vez quiera dedicar un momento a escribir un diario sobre su experiencia o a practicar ejercicios de visualización creativa para integrar más la energía del chakra sacro en su vida.

Ejercicio de desbloqueo del chakra sacro

Este ejercicio es adecuado para usted si busca un enfoque más práctico para abrir su chakra sacro. Esta práctica consiste en masajear suavemente y aplicar presión en la zona del cuerpo asociada con este centro energético para despejar los bloqueos y abrir el flujo de energía.

Empiece por sentarse cómodamente. Puede ser en el suelo con las piernas cruzadas o en una silla, pero con los pies en el suelo si elige esta última opción. Respire profundamente varias veces y deje que su cuerpo se relaje. Comience masajeando el bajo vientre en el sentido de las agujas del reloj con ambas manos. Dedique unos minutos a masajear de esta manera, aplicando una presión suave y procurando concentrarse en las zonas que sienta tensas o bloqueadas.

A continuación, visualice que las energías de su chakra sacro se abren y fluyen libremente. Imagine que respira energía a través de este centro, llenando su cuerpo de vitalidad y bienestar. Imagine que está respirando la energía del crecimiento y la expansión en cada inhalación. Cuando exhale, imagine que libera la tensión y la negatividad en el chakra sacro, sintiendo cómo se sale de usted con cada exhalación. Practique esta visualización durante unos minutos hasta que sienta que su chakra sacro se abre y las energías fluyen libremente.

Cuando haya terminado, respire profundamente unas cuantas veces y deje que su cuerpo se relaje. Si no está seguro de cuál es la mejor manera de hacerlo, dedique unos minutos a escribir sobre su experiencia o practique una visualización creativa. Con tiempo y paciencia, aprenderá equilibrar su chakra sacro y experimentará un mayor bienestar, creatividad y conexión en su vida.

La meditación de curación emocional

Si le cuesta entender, conectar y sanar la energía emocional de su chakra sacro, esta meditación guiada le será de gran ayuda. Ayuda a identificar y liberar cualquier emoción negativa que le impida alcanzar el equilibrio en esta área.

Empiece por encontrar un asiento cómodo. Puede sentarse en el suelo con las piernas cruzadas, o en una silla, de nuevo con los pies apoyados en el suelo. Cierre los ojos y deje que su cuerpo se relaje. Empiece respirando profundamente, mientras imagina que está respirando la luz del amor y la curación. Al exhalar, imagine que libera la tensión o la negatividad de su cuerpo.

Cuando esté preparado, visualice la energía de su chakra sacro. Imagínelo como una bola de luz que brilla en el centro de su abdomen inferior. Visualice la luz de este chakra de un hermoso y radiante color naranja.

Ahora, concéntrese en cualquier emoción que albergue en el chakra sacro, emociones como la culpa, la vergüenza, la tristeza o la ira. Simplemente permítase ser consciente de estas emociones sin juzgarlas. Respire en estas emociones e imagine que la luz del amor y la curación lo rodean.

Permítase sentir estas emociones plenamente, y luego imagine que las libera. Visualice que se alejan al exhalar, reemplazadas por la luz del amor y la curación. Continúe respirando profundamente y concéntrese en liberar las emociones que tiene en el chakra sacro.

Cuando haya terminado, respire profundamente unas cuantas veces y deje que su cuerpo se relaje. Dedique unos minutos a escribir sobre su experiencia o realice una visualización creativa. Con tiempo y paciencia, aprenderá a liberar las emociones negativas que le impiden alcanzar el equilibrio de su chakra sacro y experimentará una mayor salud, felicidad y plenitud en su vida.

Prácticas de meditación consciente y paseos al aire libre para viajeros

Caminar es una gran manera de reducir el estrés mientras hace ejercicio, pero es fácil desconectarse y no estar presente en el momento (aquí es donde entra la meditación consciente). La meditación consciente consiste en estar presente en el momento y prestar atención a sus pensamientos, sentimientos y sensaciones sin juzgarlos. Le ayuda a concentrarse en el aquí y el ahora, lo que resulta muy útil cuando camina al aire libre.

Hay muchas maneras de practicar la meditación consciente, pero una forma sencilla es concentrarse en la respiración. Además, mientras camina, preste atención a la sensación de sus pies golpeando el suelo y sea consciente de su respiración entrando y saliendo. Si su mente divaga, no pasa nada. Vuelva a concentrarse en la respiración. Con la práctica de la meditación consciente, encontrará más paz y calma en su vida diaria.

Consejos para crear una práctica de meditación

- **Tiempo y lugar:** Es crucial tener una hora y un lugar regulares para la meditación. Le ayuda a desarrollar un hábito y hace que sea más fácil ser constante. Cuando decida la hora y el lugar, asegúrese de elegir un espacio tranquilo donde no le molesten.
- **Respiración:** Uno de los aspectos más importantes de la meditación es la respiración. Asegúrese de respirar profunda y lentamente. Si su mente divaga, simplemente vuelva a enfocarse en la respiración. El objetivo no es despejar la mente, sino concentrarse en el momento presente.
- **Postura:** Es importante mantener una buena postura al meditar. Esto ayuda a mantener el cuerpo relajado y le permite concentrar su mente. Puede sentarse en una silla, en el suelo con las piernas cruzadas, o incluso acostarse, si lo prefiere. Lo importante es que esté cómodo y relajado.
- **Empiece con poco:** No trate de meditar durante horas en su primer intento. Empiece por algo pequeño, unos minutos de meditación al día. A medida que mejore su práctica, aumente gradualmente los períodos de meditación. No se desanime si no ve resultados de inmediato. Siga haciéndolo y le resultará más fácil.

- **Grabe su voz:** Si le cuesta concentrarse o se distrae con facilidad, grábese leyendo su meditación guiada. Luego, escuche la grabación y utilícela para concentrarse y mantenerse en el camino. También es útil tener la voz de otra persona grabada para guiarse durante la meditación.
- **Utilice un temporizador:** El uso de un temporizador es útil si es nuevo en la meditación. No tiene que preocuparse por el tiempo que lleva meditando. Solo tiene que programar un temporizador y concentrarse en su respiración hasta que suene. Evite uno que tenga un tictac fuerte. Con el tiempo, abandone el temporizador y concéntrese en su reloj interno.
- **Establezca objetivos:** Cuando medite, es esencial que se enfoque en sus objetivos. Si tiene un objetivo específico, como reducir el estrés o mejorar la concentración, téngalo presente durante la práctica. Esto le ayudará a mantenerse motivado y concentrado. Aunque es importante empezar poco a poco, también debe ser constante para obtener los beneficios de la meditación. Es recomendable meditar todos los días, aunque sea unos minutos.
- **Encuentre una comunidad:** Si le cuesta mantener su práctica de meditación, busque una comunidad de personas con ideas afines a las suyas. Hay muchos grupos y clases en los que aprenderá más sobre la meditación y será más sencillo que su práctica sea exitosa. Unirse a una comunidad en línea o encontrar un compañero que practique regularmente es otra buena opción.

Además de estos consejos y sugerencias, es imprescindible que no olvide ser paciente con usted mismo. Cuanto más practique, mejor será. La meditación es un viaje, no un destino.

La meditación es una poderosa herramienta que le ayuda a aprovechar sus recursos internos y a alcanzar sus objetivos. Aumenta su concentración, reduce el estrés y le ayuda a alcanzar el éxito si la utiliza correctamente. Sin embargo, la meditación y la visualización no son únicas. Lo que funciona para alguien puede no funcionar para usted, por lo que es esencial experimentar y determinar lo que mejor funciona en cada caso.

No hay una forma correcta o incorrecta de meditar o visualizar. Lo más importante es encontrar lo que funciona para usted y mantenerlo. Con la práctica y la constancia, se sorprenderá con lo mucho que la meditación y la visualización pueden ayudarle.

Capítulo 4: Mantras y afirmaciones para *Svadhisthana*

¿Quiere lograr cambios positivos en su vida? Entonces considere el uso de mantras y afirmaciones. Estas poderosas herramientas ayudan a crear la realidad que se desea enfocando la mente y abriendo el corazón.

Los mantras y las afirmaciones son dos herramientas poderosas para manifestar lo que quiere en la vida. Si las utiliza correctamente, son muy efectivas y provocan los cambios que desea.

Los mantras son una serie de palabras o sonidos con significado que se repiten una y otra vez. Estas palabras proceden de una lengua antigua y han sido utilizadas durante siglos por personas que creen en ellas. Suelen decirse en voz alta, pero también pueden repetirse mentalmente.

Las afirmaciones son declaraciones positivas que se hacen sobre una situación, un resultado o uno mismo. Una afirmación se escribe para leerla repetidamente hasta que se arraiga en la mente subconsciente.

Este capítulo explora el poder de los mantras y las afirmaciones y su papel en la manifestación. También analiza la elección de afirmaciones eficaces y su uso en la vida cotidiana.

Mantras y afirmaciones

Los mantras han sido utilizados durante siglos por quienes creen en ellos, porque se ha demostrado muchas veces que funcionan. El efecto de los mantras en la mente es similar al de la hipnosis o la meditación. Cuando repite un mantra, el significado detrás de las palabras se incrusta en su mente subconsciente y eventualmente afecta su forma de pensar y sentir respecto de diferentes aspectos de la vida.

Las afirmaciones funcionan de forma similar a los mantras. Cuando se repite una afirmación, también se incrusta en su subconsciente y cambia su forma de pensar y sentir. Es especialmente eficaz acompañar las afirmaciones con visualizaciones o con un tiempo de meditación en silencio.

Los mantras y las afirmaciones se utilizan para manifestar lo que se quiere en la vida. Puede usarlos para cambiar su mentalidad, atraer la abundancia, mejorar sus relaciones, sanar su cuerpo, etc. El cielo es el límite.

Beneficios de los mantras y las afirmaciones

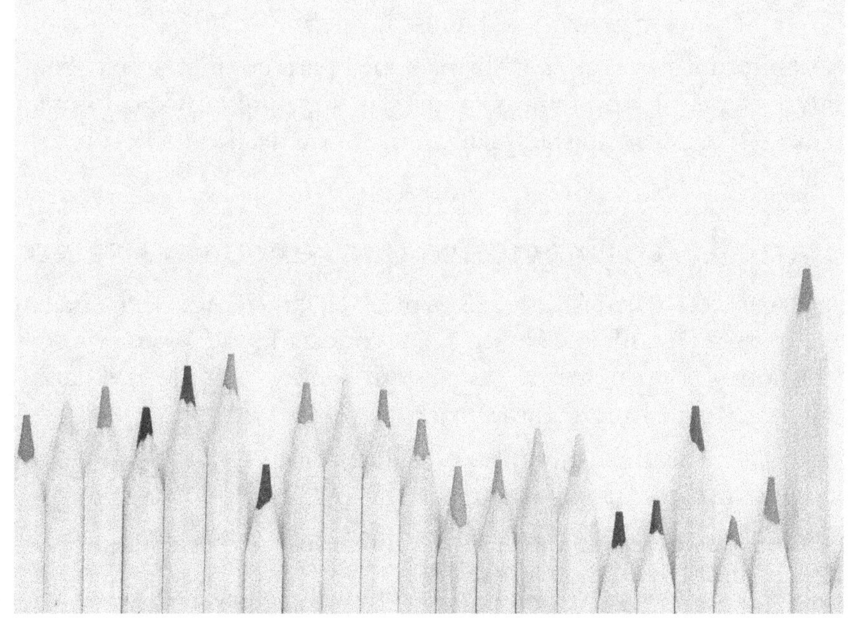

Los mantras *Svadhishana* aumentan la creatividad

https://www.pexels.com/photo/close-up-photography-of-colored-pencils-743986/

La práctica de mantras y afirmaciones *Svadhisthana* conlleva muchos beneficios diferentes. Estas técnicas ayudan a equilibrar y energizar el segundo chakra, responsable de la creatividad, la sexualidad y las emociones. Al acceder a este centro de energía, desbloquea todo su potencial en estas áreas de la vida.

Los mantras y las afirmaciones de *Svadhisthana* mejoran su estado de ánimo y le ayudan a gestionar el estrés de forma más eficiente. También calman los desequilibrios emocionales, como la ansiedad o la depresión. En conjunto, estas técnicas ofrecen poderosas herramientas para empoderarse y vivir una vida energéticamente equilibrada.

Estos son algunos de los beneficios más notables que puede esperar del uso de mantras y afirmaciones *Svadhisthana*:

- Aumento de la creatividad.
- Mayor energía y motivación.
- Más claridad de pensamiento.
- Una mente más tranquila y menores niveles de estrés.
- Mejor enfoque y concentración.
- Sensación general de bienestar.

Cuando utiliza mantras y afirmaciones para equilibrar sus chakras, puede esperar una mejoría en todas las áreas de su vida. Limpiar y energizar su cuerpo desbloquea todo el potencial de sus centros de energía.

Parte 1: Afirmaciones para el chakra sacro

Al trabajar con afirmaciones, es crucial elegir las que le resuenan a usted personalmente. Cuanto más conectado se sienta con sus afirmaciones y con cómo lo hacen sentir, más le ayudarán a manifestar lo que quiere para su vida.

Estos son algunos ejemplos de afirmaciones que puede utilizar para trabajar con el chakra sacro:

- Estoy abierto a nuevas oportunidades y experiencias.
- Doy la bienvenida a la abundancia y la prosperidad en mi vida.
- Libero todo el miedo y la duda.

- Mi creatividad es ilimitada y la expreso en todo lo que hago.
- Me siento confiado y cómodo en mi piel.
- Me quiero y me apruebo tal y como soy.
- Soy digno de amor, respeto y felicidad.
- Mis relaciones son sanas, solidarias y satisfactorias.

Estos son algunos ejemplos para empezar. Siéntase libre de modificarlos o crear los suyos propios. Recuerde que es fundamental elegir afirmaciones que resuenen con usted a nivel personal.

En la siguiente sección se explica cómo puede crear sus afirmaciones para el chakra sacro.

Cómo escribir sus afirmaciones para el chakra sacro

Para escribir sus afirmaciones para el chakra sacro, es importante que tenga en cuenta las cualidades que rige este centro energético. Estas incluyen la creatividad, la pasión, la alegría y la intuición, entre otras. Con esto en mente, elabore una afirmación o frase corta que capte su idea y hable de cómo quiere sentirse.

Al elaborar las afirmaciones, también es importante que haya una intención detrás de ellas. Por ejemplo, puede empezar con una declaración sencilla como «Soy creativo» o «Estoy lleno de pasión». Utilícelas como base para afirmaciones más específicas como «Mi energía creativa fluye libremente en todo momento» o «Me apasiona abrazar mi voz y estilo únicos». Cuando utilice estas técnicas, piense por qué quiere trabajar en el fortalecimiento de su chakra sacro, qué beneficios específicos espera conseguir y cómo quiere sentirse en última instancia.

Piense en las diferentes áreas de su vida en las que le gustaría ser más creativo y pasional; esto le ayudará a empezar con sus afirmaciones del chakra sacro. Por ejemplo, ¿necesita ayuda para encontrar inspiración en sus proyectos de escritura o arte?, ¿hay áreas de su vida personal en las que le gustaría tener más alegría y espontaneidad?, ¿desea conectar más profundamente con su intuición y confiar en la guía que le llega? Teniendo una intención clara en mente, puede crear afirmaciones que lo apoyen para lograr sus objetivos específicos.

Consejos para crear afirmaciones originales

Hay muchas maneras de crear afirmaciones que promueven la autenticidad y la comunicación abierta. Es útil concentrarse en las cualidades o rasgos que más admira de sí mismo y de los demás. Por ejemplo, si valora la confianza y la creatividad, puede idear una afirmación como: «Soy una persona naturalmente segura de sí misma que supera los retos con facilidad». Es importante que reflexione sobre estas cualidades mientras crea sus afirmaciones, para que provengan de un lugar genuino de autoaceptación.

Otro componente clave de las afirmaciones atractivas es la especificidad. Aunque puede parecer suficiente afirmar algo como «soy una persona amable y compasiva», profundizar en esta idea puede ayudarle a elaborar afirmaciones más significativas que resuenen más profundamente en su interior. Considere la posibilidad de centrarse en acciones que demuestran bondad, como la compasión por otras personas, ofrecer consejos sin juzgar o ayudar a amigos y familiares que lo necesitan. Las afirmaciones más concretas sirven como recordatorio de que está siguiendo sus valores y creencias mientras vive.

Por último, formule sus afirmaciones de forma que le resulten naturales. Mientras que ciertas formas de meditación estructurada se centran específicamente en la repetición de frases concretas a lo largo del día, adoptar un enfoque más orgánico de las afirmaciones puede ser beneficioso. Mantenga sus afirmaciones en mente a lo largo del día y deje que vengan a usted orgánicamente, en lugar de forzarse a seguir un plan rígido.

Parte 2: Mantras para el chakra sacro

Además de elaborar afirmaciones para el chakra sacro, también es útil utilizar mantras con regularidad. Estas palabras sánscritas pueden repetirse en voz alta o mentalmente, y a menudo se componen por una sola sílaba destinada a resonar con la energía de un chakra en particular. Los mantras que se enumeran a continuación se pueden utilizar para apoyar al chakra sacro cuando se trabaja en la apertura a la inspiración, abrazando la creatividad innata y el desarrollo de una visión más apasionada de la vida.

1. **Mantra para el chakra sacro: «*Vam*»**

El primer mantra para el chakra sacro es «*vam*». Esta palabra se pronuncia «*vahm*», y significa «yo», lo que la convierte en el mantra perfecto para la autoaceptación y la fuerza interior. Puede repetir este mantra siempre que se sienta desconectado de usted mismo, y es especialmente poderoso cuando se canta concentrándose en el abdomen y la zona lumbar.

El mantra *vam* está diseñado específicamente para activar y equilibrar el chakra sacro. La palabra «*vam*» también significa «agua» en sánscrito y representa la energía fluida y creativa de este chakra. Al repetir este mantra con regularidad, abre el flujo de energía creativa de su vida. Las relaciones sexuales florecen y los esfuerzos creativos fluyen más fácilmente. Cante el mantra «*vam*» hoy mismo y observe los cambios que genera en su vida.

2. **Mantra para el chakra sacro: «*Om mani padme hum*»**

El segundo mantra del chakra sacro es «*om mani padme hum*». Se pronuncia «*oh-mah-nii-pahd-mey-hoom*» y significa «joya en el loto». Este mantra proviene de la tradición budista y se utiliza a menudo como herramienta de meditación. Al concentrarse en la energía de este mantra, activa su chakra sacro y desarrolla una conexión más profunda con su creatividad innata.

También se dice que este mantra representa el camino del desarrollo espiritual. Cuando lo repite, se recuerda a usted mismo que está en un viaje hacia la iluminación. La flor de loto en este mantra simboliza su potencial de crecimiento y transformación, mientras que la joya representa la sabiduría que obtiene a través de este proceso.

3. **Mantra para el chakra sacro: «*Muladhara*»**

El tercer mantra del chakra sacro es «*muladhara*». Esta palabra se pronuncia «*muu-lah-dah-rah*», que significa «soporte de la raíz». Este mantra está destinado a enraizar y equilibrar su energía, por lo que es perfecto si siente que su chakra sacro está desequilibrado.

Puede repetir este mantra en cualquier momento en el que se sienta sin conexión a tierra, disperso o falto de energía. Si lo repite con intención, le ayudará a alinear su energía y le devolverá el equilibrio. También se cree que la palabra «*muladhara*» representa las cuatro esquinas de la Tierra, recordando que el suelo sostiene nuestros pies.

4. Mantra para el chakra sacro: «*Namo*»

El cuarto mantra del chakra sacro es «*namo*». Esta palabra se pronuncia «*nah-moh*», que significa «inclínate ante lo divino que hay en mí». Este mantra conecta con la sabiduría interior, y puede repetirlo en los momentos en que busque orientación o apoyo para su vida.

Este mantra recuerda que todos tenemos acceso a la guía divina y que podemos conectar con ella mirando hacia dentro. La palabra «*namo*» también representa la humildad, recordando que todos somos parte de la misma energía divina. Al repetir este mantra, descubrirá que su mente y su corazón se abren, permitiéndole abrazar la sabiduría del universo.

5. Mantra para el chakra sacro: «*So hum*»

El quinto mantra del chakra sacro es «*so hum*». Estas palabras se pronuncian «*soh-huum*», que significa «yo soy». Este mantra recuerda que todos estamos conectados con lo divino y que estamos hechos de la misma energía que el universo. Puede repetirlo siempre que busque una forma de conectar con su sabiduría interior o quiera aprovechar la energía divina que lo rodea.

También se dice que este mantra es el sonido del universo, y se utiliza a menudo como herramienta de meditación. Repitiendo este mantra, aquieta su mente y conecta con la paz y la quietud en su interior. También puede utilizarlo para conectar con la energía de la vida, recordando que es parte de algo mucho más grande que usted mismo.

6. Mantra para el chakra sacro: «*Maha mrityunjaya*»

El sexto mantra del chakra sacro es el «*maha mrityunjaya*». Se pronuncia «*mah-hah-mah-rii-tuun-jah-yah*», que significa «gran conquistador de la muerte». Este mantra se utiliza para ayudar a superar el miedo y la ansiedad y se recomienda a quienes se enfrentan a transiciones vitales difíciles. Se dice que contiene el poder de la transformación y ayuda a dejar atrás viejos patrones y formas de ser que ya no son útiles.

También se dice que este mantra representa el ciclo de la vida y la muerte, recordando que el cambio es una parte inevitable de la existencia. Al repetir este mantra con intención, libera el miedo y la ansiedad que lo frenan. La palabra «*mahamrityunjaya*» también representa los tres aspectos de lo divino, recordando que un poder superior siempre nos apoya. Mientras repite este mantra, encontrará que la fuerza y el equilibrio vuelven a su vida.

7. **Mantra para el chakra sacro: «*Om namah shivaya*»**

El séptimo mantra del chakra sacro es el «*om namah shivaya*». Pronunciado como «*ohm nah-mah-shii-vah-yah*» significa «Me inclino ante Shiva». Este mantra recuerda que todos estamos conectados con lo divino y hechos de la misma energía que el universo. Puede repetirlo siempre que busque una forma de conectar con su sabiduría interior o desee aprovechar la energía divina que lo rodea.

Consejos para utilizar los mantras

Ahora que ya conoce algunos de los mantras más populares del chakra sacro, aquí tiene algunos consejos para utilizarlos correctamente:

1. Encuentre un espacio tranquilo donde pueda relajarse y concentrarse en el mantra. Lo ideal es que sea lo más tranquilo y silencioso posible.
2. Respire profundamente unas cuantas veces antes de empezar, para calmar su mente y relajar su cuerpo.
3. Despeje su mente de todos los demás pensamientos y concéntrese solo en su mantra.
4. Repita el mantra lenta y claramente, con intención.
5. Deje que el mantra se asimile y note cómo lo hace sentir.
6. Sea paciente con usted mismo y no se preocupe si su mente se desvía durante la meditación. Simplemente vuelva a enfocarse en el mantra en cuanto note que ha sucedido.
7. Si puede, practique esta técnica todos los días y añada más mantras cuando se sienta preparado.
8. Debería empezar a notar los beneficios de repetir los mantras después de unas semanas de práctica. Le ayudarán a liberar el estrés, a conectar con lo divino y a encontrar paz en su vida diaria. Con el tiempo y la práctica, descubrirá que estos mantras se convierten en una parte importante de lo que usted es.

El chakra sacro está situado cerca del sacro, en la base de la columna vertebral, y se asocia con la creatividad, la energía, la pasión, el placer y la sexualidad. Usando las afirmaciones y mantras correctos, equilibra este centro de energía y trae más armonía a su vida. Repita estos mantras y afirmaciones diariamente y vea cómo lo hacen sentir; se sorprenderá con los cambios positivos que experimentará.

Tanto si busca una forma de relajarse y conectar con su sabiduría interior como si quiere atraer energía curativa a su vida, estos mantras son un buen punto de partida. Recuerde ser paciente con usted mismo y practicar con regularidad para obtener mejores resultados. Con el tiempo y el compromiso, debería notar una diferencia en su vida.

Capítulo 5: El poder de los mudras y el *pranayama*

En muchas tradiciones espirituales, los mudras y el *pranayama* son herramientas poderosas para abrir y equilibrar los chakras. Los mudras son posturas y gestos específicos de las manos que aprovechan la energía de la mente, el cuerpo y el espíritu para alinear estos centros energéticos. El *pranayama* es una respiración profunda que activa y hace circular el flujo de la fuerza vital (chi) por todo el cuerpo.

Cuando se practican juntos y con regularidad, los mudras y el *pranayama* dan una sensación de bienestar y ayudan a conseguir equilibrio y armonía a nivel físico y energético. Por lo tanto, si quiere aprovechar su poder interior y energizar sus chakras, vale la pena que explore los mudras y el *pranayama*.

En este capítulo se explican estos dos útiles complementos para mejorar su rutina de meditación y equilibrar el chakra sacro. El primero son los mudras, que equilibran la energía de este chakra. El segundo es el *pranayama*, una poderosa herramienta para mejorar el flujo de energía. También se proporcionan instrucciones sobre cómo realizar el trabajo de respiración *pranayama* para equilibrar los chakras y obtener el máximo provecho de la experiencia de meditación.

Mudras

Hay siete chakras principales, o centros de energía, en el cuerpo. Cada uno está asociado con un color, un elemento y un conjunto de emociones diferentes. Equilibrar los chakras promueve el bienestar físico, mental y emocional. Una forma de hacerlo es a través de los mudras o gestos con las manos.

Los mudras se pueden utilizar durante la meditación o cuando hay una sensación de desequilibrio. Cada mudra está asociado con un chakra diferente. Por ejemplo, el mudra *Apana* se asocia con el chakra raíz, porque ayuda a enraizar y centrarse, promoviendo la estabilidad y la seguridad. El mudra *Anahata*, en cambio, está asociado con el chakra del corazón, ya que ayuda a abrir y equilibrar este centro energético promoviendo el amor, la compasión y la comprensión.

Para el chakra sacro, se recomienda el mudra *Svadhisthana,* que aumenta la capacidad de placer y la creatividad. Sin embargo, hay otros mudras que también se utilizan para equilibrar el chakra sacro. La incorporación de ellos a su rutina de meditación le dará mayor equilibrio y armonía física, emocional y mental.

Experimente con diferentes mudras para determinar cuáles le funcionan mejor, no hay una forma correcta o incorrecta. Déjese guiar por su intuición y confíe en que encontrará el mudra perfecto para equilibrar sus chakras.

El poder de los mudras

Los mudras son herramientas esenciales para equilibrar y sanar el chakra sacro, que es el centro de energía asociado con las emociones. Estos antiguos gestos se han utilizado en las prácticas de yoga y meditación durante miles de años, ya que facilitan la conexión con la energía divina que nos rodea. Colocando ciertos dedos juntos o moviéndolos de formas específicas, se dirige la energía para que fluya por el cuerpo y restablezca el equilibrio del chakra sacro.

Independientemente de si utiliza los mudras antes de meditar o los incorpora a su vida diaria, su capacidad para acceder al chakra sacro los convierte en una herramienta increíblemente poderosa para alcanzar la felicidad, la salud y la paz mental. Si está buscando aprovechar el poder de sus chakras, sin duda vale la pena explorar los mudras.

Mudras para desbloquear el chakra sacro

Puede probar diferentes mudras para desbloquear su chakra sacro y mejorar su flujo de energía. Algunos de los más comunes son el mudra *yoni*, el mudra *varun* y el mudra *ksepana*. Estos mudras ayudan a equilibrar este chakra y mejoran el flujo de energía en la parte inferior del abdomen.

El mudra que elija depende de lo que quiera conseguir. Si busca una forma sencilla y fácil de desbloquear el chakra sacro, el mudra *yoni* es un buen punto de partida. Para aumentar el flujo de energía en el cuerpo, pruebe el mudra *Varun* o el mudra *ksepana*. Independientemente del que elija, concéntrese en su respiración y visualice la zona del cuerpo que quiere abrir. Si practica regularmente, debería notar una diferencia en sus niveles de energía y en su sensación de bienestar.

Mudras para sanar el chakra sacro

Se pueden utilizar varios mudras para sanar el chakra sacro. Algunos de los más comunes son el mudra *Prithvi*, el mudra *Apana* y el mudra *yoni*. Estos mudras ayudan a desbloquear el chakra sacro y mejoran el flujo de energía en el cuerpo.

El mudra *Prithvi* se utiliza para aumentar la presencia del elemento tierra en el cuerpo. Ayuda a equilibrar la energía en el bajo vientre, mejorando la salud física y emocional. El mudra *Apana* se utiliza para aumentar la energía de la tierra y el agua en el chakra sacro. Este mudra ayuda con las dificultades de salud asociadas con desequilibrios en el chakra sacro, como problemas urinarios o reproductivos.

Los diferentes mudras

Cuando se activa y se abre el chakra sacro a través de los mudras, se encuentra más alegría en la vida simplemente viviendo en el momento y disfrutando de lo que ofrece. Hay muchos mudras para el chakra sacro, y cada uno está asociado con un elemento diferente de emoción. Algunos de los mudras más comunes para equilibrar el chakra sacro son:

(Cada mudra que ejemplificamos está acompañado del significado de su nombre, el gesto de la mano que implica y su conexión con el chakra sacro).

1. **Mudra *Shakti* - El gesto de la energía**

«*Shakti*» es una palabra sánscrita que se traduce como «poder». Por lo tanto, el mudra *Shakti* es un mudra de poder y fuerza. Ayuda a activar la energía *kundalini*, o fuerza vital, que reside en la base de la columna vertebral. Este mudra se utiliza a menudo para aumentar la creatividad, mejorar la autoestima y equilibrar el chakra sacro. Cuando se activa este mudra, se aprovecha el poder natural para alcanzar objetivos específicos.

Para realizar el mudra *Shakti*, empiece por sentarse en una posición cómoda con la columna vertebral recta. Coloque las manos sobre las rodillas con las palmas hacia arriba, envolviendo los pulgares con los dedos índice y corazón. Extienda los dedos meñique y anular y toque sus puntas. Ya ha hecho el mudra *Shakti* y puede mantenerlo todo el tiempo que quiera.

Inhale y exhale lenta y profundamente mientras se concentra en el chakra sacro. Visualice una bola de luz naranja que gira en su bajo vientre. Imagine que la bola de luz se hace más grande y brillante cuando exhala. Continúe respirando profundamente y concentrándose en el chakra sacro hasta que sienta que sus emociones se equilibran.

2. **Mudra *Yoni* - El gesto del vientre universal**

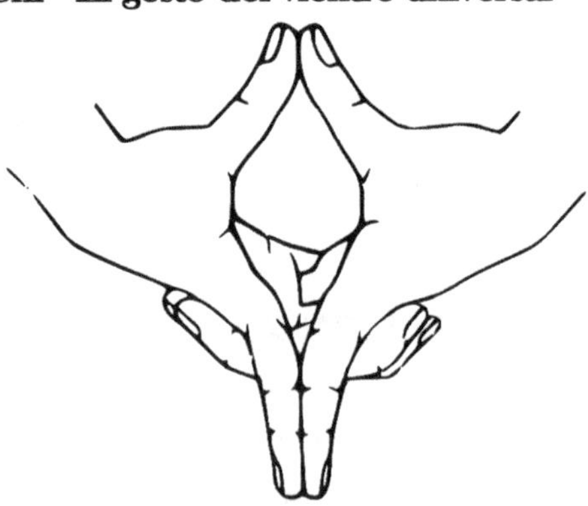

Mudra *Yoni*

https://pixabay.com/images/id-6170665/

El mudra *yoni* es una antigua práctica yóguica que estimula el chakra sacro, situado en la región pélvica inferior. Consiste en formar un círculo con el pulgar y el índice y trazar una línea continua desde el ombligo hasta el plexo solar. El mudra *yoni* ayuda a despejar cualquier bloqueo o desequilibrio en el chakra sacro al conectar la energía de la raíz del cuerpo con su potencial en el corazón.

Para realizar el mudra *yoni*, siéntese con la columna vertebral recta y las manos apoyadas en las rodillas con las palmas hacia arriba. Toque la punta de los pulgares y de los índices formando un diamante. Entrelace el resto de los dedos con los índices mirando hacia el suelo. Con el ojo de la mente, visualice una bola roja de energía girando en la pelvis y continúe respirando mientras se concentra profundamente en su chakra sacro.

El mudra *yoni* es uno de los más comunes para el chakra sacro, por lo que es un buen punto de partida si es nuevo en el mundo de los mudras. Si quiere mejorar la creatividad y la intuición, iniciar nuevas relaciones románticas o desbloquear traumas emocionales, este sencillo pero poderoso mudra le ayudará. Además, abre un camino para aprovechar su sabiduría interior y la poderosa energía del chakra sacro.

3. Mudra *Varun* - El gesto del agua

Mudra *Varun*

https://pixabay.com/images/id-7202715/

El mudra *Varun* es un gesto que representa el elemento agua. Se utiliza habitualmente para equilibrar el chakra sacro y aumentar el flujo de energía en el cuerpo. Su nombre proviene de *Varuna,* una deidad hindú asociada con el agua y el océano. El mudra *Varun* evoca el poder creativo y nutritivo del agua, lo que lo convierte en un mudra perfecto para quien busca curación o creatividad.

Para realizar el mudra *Varun,* simplemente siéntese en una posición cómoda con la espalda recta. Extienda las manos frente a usted con las palmas hacia arriba. Toque las puntas de los dedos meñique y pulgar juntos, y extienda los demás dedos. Centre su atención en la zona entre el ombligo y el pubis para equilibrar el chakra sacro con este mudra. Visualice una bola de luz azul girando en esta zona e imagine que se hace más grande y brillante a medida que inhala y exhala. Continúe con la concentración puesta en su respiración y en la energía del agua en su cuerpo hasta que sienta que su chakra sacro se abre.

Si necesita una forma rápida y fácil de equilibrar su chakra sacro, el mudra *Varun* es un buen punto de partida. Es sencillo y puede realizarse en cualquier lugar, por lo que es una gran opción para las agendas ocupadas. Recuerde respirar profunda y lentamente mientras lo practica para obtener el máximo provecho.

3. Mudra *Ksepana* - El gesto de sellar

Mudra *Ksepana*

Schlum, CC BY-SA 4.0 <https://creativecommons.org/licenses/by-sa/4.0>, vía Wikimedia Commons: https://commons.wikimedia.org/wiki/File:Mudra-Naruto-Chevre.svg

El mudra *Ksepana* es un gesto que sella la energía del chakra sacro. Se utiliza habitualmente para eliminar los bloqueos energéticos en el cuerpo y aumentar el flujo de energía en el bajo vientre.

También equilibra la energía de otros chakras, como el de la corona o el del corazón.

Para realizar el mudra *Ksepana*, siéntese con la columna vertebral recta y las manos sobre las rodillas. Una los dedos de ambas manos. Suelte los dedos índices, apuntando con ellos hacia arriba, y doble los pulgares sobre el índice opuesto. Ahora, apriete los puños en la parte inferior del abdomen, justo por encima del hueso pélvico.

Imagine una bola de luz blanca que gira en el bajo vientre mientras inhala y exhala. Concéntrese en su respiración y en la energía del chakra sacro hasta que sienta que el bajo vientre se abre. El *Ksepana* mudra es una forma estupenda de aumentar el flujo de energía en el cuerpo y eliminar cualquier bloqueo que lo impida.

Pranayama

La respiración es una función esencial de la vida, pero también es una poderosa herramienta para promover el bienestar físico y mental. El *pranayama* es una técnica de yoga que consiste en controlar la respiración para calmar la mente y el cuerpo. Esta práctica es útil para enfocar la mente durante la meditación y es una forma eficaz de liberar la tensión y promover la relajación.

Cuando el sistema nervioso está equilibrado, es más fácil alcanzar un estado de calma y concentración. La respiración controlada ayuda a regular el sistema nervioso, que es uno de los beneficios del *pranayama*.

Además, la respiración controlada mejora la circulación y promueve la desintoxicación. Por eso el *pranayama* es una parte importante de la práctica del yoga y es muy beneficioso para mejorar su salud y bienestar general.

Esta práctica tiene muchos beneficios, pero uno de los más importantes es que abre y equilibra el chakra sacro. En particular, el *pranayama* ayuda a liberar cualquier emoción atrapada o energía estancada. Como resultado, es muy beneficioso para quien busca abrir la creatividad o experimentar más libertad emocional.

El *pranayama* ayuda a controlar y dirigir el flujo de energía en el cuerpo. Se puede remover la energía estancada y abrir el flujo de energía vital en el cuerpo concentrándose en la respiración y profundizando en las inhalaciones y exhalaciones. Además de promover la creatividad, también refuerza la inmunidad, aumenta los niveles de energía y calma la mente.

Los diferentes tipos de *pranayama*

La práctica del *pranayama* es una parte esencial de cualquier experiencia de yoga, ya que se dirige a los diferentes centros de energía (o chakras) del cuerpo y ayuda a conseguir un mayor bienestar físico, mental y espiritual. Algunos yoguis utilizan técnicas diferentes de *pranayama*, como la respiración nasal alterna (*Nadi shodhana*), el *mula bandha* y los giros del vientre para activar el chakra sacro. Estas técnicas pueden practicarse individualmente o combinadas para lograr su poderoso efecto en el cuerpo energético. Independientemente de la técnica que utilice, el *pranayama* le ayuda a desbloquear y equilibrar su chakra sacro y a conseguir una salud y una vitalidad óptimas.

Aquí hay algunas técnicas simples de *pranayama* para abrir y equilibrar el chakra sacro:

1. Respiración *Ujjayi* - Respiración victoriosa

Ujjayi es una técnica de control de la respiración que calma la mente y promueve la relajación.

Realización de la respiración *Ujjayi*

Inhale profundamente por la nariz. Exhale por la boca mientras emite el sonido «*ha*». Contraiga los músculos de la parte posterior de la garganta para crear un ligero sonido de ronquido al exhalar. Repita esta respiración entre tres y cinco minutos.

2. *Nadi Shodhana* - Respiración nasal alterna

Nadi shodhana es una técnica de *pranayama* que ayuda a limpiar y purificar los canales de energía (o nadis) del cuerpo. Se utiliza a menudo antes de la meditación para despejar la mente y preparar la introspección.

Realización de *nadi shodhana*

Siéntese cómodamente con las manos en un mudra (posición de las manos que ayuda a dirigir el flujo de energía). Con el pulgar derecho, cierre la fosa nasal derecha e inhale profundamente por la fosa nasal izquierda. Cierre la fosa nasal izquierda con el dedo anular y suelte el pulgar derecho. Exhale por la fosa nasal derecha e inhale de nuevo por el mismo lado. Por último, cierre la fosa nasal derecha y suelte la izquierda, exhalando por el lado izquierdo. Repita esta respiración entre tres y cinco minutos, luego cambie de lado y repita el proceso.

3. *Mula Bandha* - Bloqueo de la raíz

Mula bandha es una técnica yóguica que ayuda a bloquear la energía en la parte inferior del cuerpo y dirigirla hacia arriba, hacia los chakras superiores.

Realización de *Mula Bandha*

Simplemente contraiga el perineo (entre el ano y los genitales) mientras inhala y exhala. Esto ayuda a dirigir el *prana* (energía vital) de su cuerpo hacia los chakras sacro y del plexo solar.

4. Giros de vientre

Los giros de vientre son una técnica de *pranayama* sencilla pero eficaz para estimular el chakra sacro.

Realización de los giros del vientre

Inhale profundamente y expanda el vientre. Exhale y gire la pelvis hacia delante, metiendo el coxis y arqueando la espalda. Repita esta respiración entre tres y cinco minutos para abrir las caderas y el chakra sacro.

Aunque estas técnicas de *pranayama* son algunas de las más básicas del yoga, han demostrado ser muy eficaces para promover el equilibrio del chakra sacro. Además de practicar el *pranayama*, utilice los mudras (gestos con las manos) para abrir y equilibrar su chakra sacro. Los mudras son una parte importante del yoga, ya que ayudan a dirigir el flujo de energía en el cuerpo y a equilibrar los diferentes centros energéticos.

Este capítulo abarca algunas de las técnicas de *pranayama* y mudra más eficaces para abrir y equilibrar el chakra sacro. Consulte el resto de este libro para aprender más sobre otras prácticas favorables para este chakra.

Capítulo 6: Posturas y secuencias de yoga para el sacro

¿Desea equilibrar su chakra sacro y lograr una mayor salud y bienestar general? El yoga es la solución perfecta. Con su enfoque en la respiración, la meditación y las asanas (o posturas), puede abrir y sanar su chakra sacro mientras mejora la fuerza, la flexibilidad y la claridad mental.

El yoga es una práctica que involucra al chakra sacro, armoniza las necesidades físicas y emocionales y mejora el bienestar en muchos aspectos de la vida. Además, se ha demostrado que practicarlo regularmente refuerza el sistema inmunitario, reduce los niveles de estrés y ansiedad, mejora la calidad del sueño, etc.

Por lo tanto, el yoga es la solución perfecta si está buscando equilibrar su chakra sacro y tener una mayor salud y bienestar en general. Con tantos estilos disponibles hoy en día, hay algo para cada yogui en todos los niveles.

En este capítulo hablamos de los beneficios del yoga para el chakra sacro y ofrecemos algunas posturas y secuencias específicas para abrir y sanar este chakra. También le damos consejos sobre cómo iniciarse en el yoga y encontrar el estilo adecuado para usted. Así que, tanto si es nuevo en el yoga como si lo practica desde hace tiempo, hay algo aquí que le ayudará en su camino hacia una mayor salud y bienestar.

Beneficios del yoga para equilibrar *Svadhisthana*

El yoga es una gran herramienta para equilibrar el chakra sacro. Ciertas posturas ayudan a mejorar la circulación y a abrir las caderas, lo que ayuda a liberar los bloqueos desequilibran el chakra sacro. Además, los ejercicios de respiración y la meditación enfocan y calman la mente, promoviendo sentimientos de seguridad y protección. Mantenga su chakra sacro equilibrado incorporando el yoga a su vida diaria.

Estos son algunos de los muchos beneficios que ofrece el yoga mientras equilibra el chakra sacro:

- **Mejora la circulación:** Las posturas y secuencias utilizadas en el yoga aumentan la circulación, permitiendo un flujo de energía más equilibrado en todo el cuerpo.
- **Aumenta la flexibilidad:** Las posturas de yoga ayudan a estirar y abrir los músculos y las articulaciones, mejorando la flexibilidad. Esto es especialmente útil para liberar la tensión en las caderas y la parte baja de la espalda, estrechamente relacionadas con el chakra sacro.
- **Reduce el estrés y la ansiedad:** A través de los ejercicios de respiración, la meditación y la atención centrada, el yoga enfoca la mente y promueve la calma y la relajación. A su vez, reduce los niveles de estrés y ansiedad, promoviendo una sensación de bienestar.
- **Mejora la calidad del sueño:** Las técnicas de relajación del yoga también mejoran la calidad del sueño al brindar una sensación de calma y paz antes de acostarse.
- **Equilibra las hormonas**: El sistema endocrino, que controla las hormonas del cuerpo, está estrechamente relacionado con el chakra sacro. Puede tener un equilibrio hormonal saludable manteniendo este chakra en forma.
- **Mejora el estado de ánimo:** La práctica regular del yoga mejora el estado de ánimo y el bienestar mental. Probablemente se deba a la mayor concentración en la respiración y la meditación y a la liberación de endorfinas

durante la actividad física.

Como puede ver, son muchos los beneficios de incorporar el yoga a su vida para equilibrar el chakra sacro. Si busca posturas y secuencias específicas para abrir y sanar su chakra sacro, la siguiente sección le da algunas sugerencias.

Asanas para abrir y equilibrar el chakra sacro

El chakra sacro gobierna la capacidad de conectar con los demás y experimentar el placer. Las asanas, o posturas de yoga, ayudan a equilibrar este chakra abriendo las caderas, las piernas, el abdomen y la parte baja de la espalda, estimulando el flujo de energía en esas zonas. Algunas de las asanas más eficaces para abrir y equilibrar el chakra sacro son la postura de la diosa (*Utkata Konasana*), la postura del guerrero invertido (*Viparita Virabhadrasana*), la postura del giro con las piernas cruzadas (*Parivrtta Sukhasana*), el pliegue hacia delante de pie (*Uttanasana*), la postura del gato y la vaca (*Marjaryasana*) y la postura del niño (*Balasana*).

Puede aumentar su vitalidad, alegría, creatividad, intuición y salud emocional si practica a diario estas posturas. Si quiere equilibrar su chakra sacro y mejorar su bienestar general, empiece hoy mismo a incorporar las siguientes asanas a su práctica habitual.

Utkata Konasana (postura de la diosa)

La postura de la diosa es una postura de pie que abre las caderas, los muslos y el pecho, al tiempo que fortalece las piernas y la parte inferior de la espalda. También estimula el flujo de energía en la zona del sacro, por lo que es una asana excelente para abrir y equilibrar el chakra sacro. Mantenga la espalda recta mientras empuja las caderas hacia delante y hacia abajo al realizar esta postura.

Instrucciones:

1. Comience poniéndose de pie con los pies separados unos treinta centímetros y gire los dedos de los pies hacia fuera.
2. Doble las rodillas y baje las caderas hacia el suelo. Los muslos deben estar paralelos al suelo y los brazos estirados frente a usted.
3. Mantenga esta posición durante varias respiraciones profundas, sintiendo el estiramiento en las caderas y la parte

baja de la espalda.

4. Enderece las piernas y vuelva a ponerse de pie para soltar la postura.

Dependiendo de su flexibilidad, puede realizar esta postura con o sin apoyos. Si le duele la rodilla, coloque una esterilla de yoga o una manta bajo los talones para protegerlos del suelo. También puede realizar esta postura con la espalda apoyada en una pared para tener más apoyo si lo necesita.

Viparita Virabhadrasana (Postura del guerrero invertido)

La postura del guerrero invertido es una forma estupenda de estirar los músculos de las caderas, el abdomen y la parte inferior de la espalda mientras se abre el pecho. Esta asana ayuda a equilibrar el chakra sacro al estimular el flujo de energía en las caderas y la espalda baja. Es una postura estupenda para los principiantes, ya que puede realizarse de muchas maneras para aumentar su eficacia.

Instrucciones:

1. Comience poniéndose de pie con los pies juntos y girando el pie derecho hacia fuera.
2. Doble ligeramente la rodilla izquierda y mantenga la pierna derecha recta, con el talón derecho alineado con el izquierdo.
3. Apunte con el brazo derecho hacia el techo y apóyese lentamente hacia atrás, estirando el lado derecho de su cuerpo.
4. Mantenga esta postura durante varias respiraciones, sintiendo el estiramiento en las caderas y el abdomen.
5. Para soltar la postura, estire la pierna derecha y vuelva a ponerse de pie.

La clave para realizar correctamente esta postura es mantener la espalda recta y la rodilla delantera doblada en un ángulo de noventa grados. La postura del guerrero invertido también puede realizarse con una silla si necesita apoyo adicional. Recuerde mantener los hombros rectos y alineados sobre las caderas, asegurándose de no encorvarlos hacia delante mientras se inclina hacia atrás.

Parivrtta Sukhasana (postura de giro con las piernas cruzadas)

La postura de giro con las piernas cruzadas es una postura suave y relajante que ayuda a estirar las caderas, la parte baja de la espalda y el abdomen. Es un elemento básico para cualquier práctica de yoga, así que puede realizarse de varias maneras, dependiendo de su flexibilidad. Si se realiza correctamente, ayuda a abrir y equilibrar el chakra sacro, aumentando la creatividad y la salud emocional.

Instrucciones:

1. Comience por sentarse en el suelo con las piernas cruzadas.
2. Coloque la mano derecha en el suelo detrás de usted y gire el torso hacia la izquierda, mirando por encima del hombro izquierdo.
3. Mantenga esta postura durante varias respiraciones, sintiendo el estiramiento en las caderas y la parte baja de la espalda.
4. Enderece el torso y vuelva a sentarse con las piernas cruzadas para soltar la postura.

La postura del giro con las piernas cruzadas es ideal para los principiantes, ya que se puede realizar con accesorios si necesita apoyo adicional. Si tiene las caderas tensas, coloque una esterilla de yoga bajo la nalga derecha para ayudarse a inclinar la pelvis. También puede colocar una manta bajo las rodillas para mayor comodidad.

Uttanasana (pliegue hacia delante de pie)

El pliegue hacia delante de pie es una postura sencilla pero eficaz que ayuda a estirar los isquiotibiales, la zona lumbar y las caderas. Se utiliza a menudo como una postura de descanso al final de la práctica de yoga, pero tiene muchos beneficios terapéuticos para equilibrar el chakra sacro. Se dice que el pliegue hacia adelante de pie aumenta la creatividad y la estabilidad emocional.

Instrucciones:

1. Comience poniéndose de pie con los pies juntos e inclinándose lentamente hacia delante, manteniendo la espalda recta mientras baja.

2. Deje que la cabeza y el cuello cuelguen libremente, empujando las caderas hacia el suelo tanto como sea posible.
3. Mantenga esta postura durante varias respiraciones, sintiendo el estiramiento en los isquiotibiales y la espalda baja.
4. Gire lentamente la columna vertebral hasta ponerse de pie y vuelva a la posición inicial para soltar la postura.

El pliegue hacia delante de pie también puede realizarse con una esterilla de yoga bajo las manos para obtener más apoyo si es necesario. Recuerde mantener los hombros relajados mientras baja, centrándose en mantener la espalda recta y alineada con las piernas durante toda la postura.

Ardha Matsyendrasana (Postura del Medio Pez)

Postura del medio pez

lululemon athletica, CC BY 2.0 <https://creativecommons.org/licenses/by/2.0/>, vía Wikimedia Commons https://commons.wikimedia.org/wiki/File:Ardha_Matyendrasana_-_Half_Lord_of_the_Fishes_Pose_-_Bound_Arm_Variation.jpg

La postura del medio pez es una torsión profunda que ayuda a estirar los hombros, el pecho y el cuello. También es terapéutica para la parte baja de la espalda, las caderas y el chakra sacro. Esta postura aumenta la estabilidad emocional y la creatividad al abrir el segundo chakra. Si la practica regularmente, experimentará los beneficios de esta poderosa asana.

Instrucciones:

1. Comience sentándose en el suelo con las piernas extendidas frente a usted.
2. Doble la rodilla derecha y coloque el pie en el suelo junto al muslo izquierdo.
3. Coloque la mano izquierda en el suelo detrás de usted y gire el torso hacia la derecha, mirando por encima del hombro.
4. Mantenga esta postura durante varias respiraciones, sintiendo el estiramiento en los hombros, el pecho y el cuello.
5. Enderece el torso y vuelva a la posición inicial con las piernas extendidas delante de usted para soltar la postura.

También puede realizar esta postura utilizando una correa de yoga alrededor de la espalda si es necesario. Coloque una manta debajo de la rodilla para obtener un apoyo adicional si tiene las caderas tensas. Recuerde que debe mantener los huesos de la cadera en el suelo y la columna vertebral alargada mientras hace la postura.

Marjaryasana (postura del gato y la vaca)

La postura del gato y la vaca es una combinación de flexiones hacia atrás que ayuda a estirar la columna vertebral, el cuello y los hombros. Aunque se utiliza para calentar el cuerpo y prepararlo para una práctica de yoga más intensa, tiene muchos beneficios terapéuticos que la convierten en una gran postura para los principiantes. La postura del gato y la vaca aumenta la estabilidad emocional y la creatividad al abrir el segundo chakra.

Instrucciones:

1. Comience sobre las manos y las rodillas, con las muñecas directamente debajo de los hombros y las rodillas alineadas con las caderas.
2. Inhale mientras baja el vientre y arquea la espalda hacia el techo, mirando al cielo.
3. Exhale y doble la columna vertebral hacia el suelo, bajando la cabeza y metiendo la barbilla en el pecho.

4. Alterne entre estas dos posturas durante varias respiraciones, sintiendo el estiramiento de la columna y el cuello con cada inhalación y exhalación.
5. Vuelva a levantar la cabeza hasta la posición neutra y regrese a la posición inicial para liberar la postura.

Recuerde mantener una respiración suave y uniforme al pasar de la postura del gato a la de la vaca. Si tiene algún dolor de espalda, tómeselo con calma. Concéntrese en moverse lentamente y con atención mientras respira en el estiramiento.

Balasana (postura del niño)

La postura del niño es una postura de descanso que ayuda a estirar las caderas, los muslos y los tobillos. Se denomina postura del niño porque al sentarse sobre los talones se parece a la posición de un niño pequeño. El objetivo principal de esta postura es relajar la mente y el cuerpo, liberando cualquier tensión o estrés que sienta.

Instrucciones:

1. Comience sobre las manos y las rodillas, con las muñecas directamente debajo de los hombros y las rodillas alineadas con las caderas.
2. Exhale, siéntese sobre los talones y baje la frente hacia el suelo.
3. Extienda los brazos ante usted, dejando que las palmas de las manos se apoyen en el suelo.
4. Permanezca en esta posición durante varias respiraciones, respirando profundamente y concentrándose en liberar la tensión y el estrés.
5. Inhale y vuelva a la posición inicial sobre las manos y las rodillas para liberar la postura.

Puede ser difícil sentarse sobre los talones si es nuevo en el yoga o tiene las caderas tensas. Utilice una manta o una esterilla de yoga para apoyarlos si lo necesita. Asegúrese de mantener sus huesos en el suelo y su columna vertebral larga mientras hace esta postura.

Secuencia y posturas alternativas

Una vez que haya aprendido las posturas básicas de yoga, puede empezar a unirlas en secuencias. Estas secuencias pueden ser tan simples o complejas como quiera, dependiendo de sus objetivos y su nivel de experiencia. También puede utilizar diferentes posturas para trabajar zonas específicas del cuerpo, como estirar la parte superior de la espalda y los hombros o tonificar las piernas y los glúteos.

Hay muchas secuencias que puede probar, aquí tiene algunas opciones para empezar:

Secuencia 1:

1. *Marjaryasana* (postura del gato y la vaca) - cinco a diez respiraciones.
2. *Balasana* (postura del niño) - cinco a diez respiraciones.
3. *Uttanasana* (pliegue hacia delante de pie) - cinco a diez respiraciones.

Secuencia 2:

1. *Uttanasana* (pliegue hacia delante de pie) - cinco a diez respiraciones.
2. *Ardha Matsyendrasana* (postura del medio pez) - cinco a diez respiraciones en cada lado.
3. *Paschimottanasana* (pliegue hacia delante sentado) - cinco a diez respiraciones.

Añadir variedad

Si ha estado practicando yoga durante algún tiempo, verá que su cuerpo se acostumbra a las mismas posturas en el mismo orden todos los días. Por lo tanto, es importante mezclarlas y añadir variedad a la práctica. He aquí algunas formas de hacerlo:

1. **Varíe el orden de sus posturas -** Haga la postura del gato y la vaca de primera en lugar de última, o alterna entre los pliegues hacia delante de pie y las posturas sentadas.
2. **Añada nuevas posturas -** Si se siente aventurero, añada nuevas posturas a sus secuencias. Hay cientos de posturas de yoga para elegir, así que seguro que encuentra alguna que se adapte a su nivel y a sus objetivos.

3. En lugar de mantener el pliegue hacia adelante de pie entre cinco y diez respiraciones, manténgalo durante solo dos o tres. Esto mantendrá su práctica interesante y desafiante.
4. **Utilice accesorios** - Los accesorios, como las esterillas o las correas de yoga, ayudan a profundizar el estiramiento o a realizar posturas que de otro modo serían difíciles.
5. **Practique con un amigo** - Practicar con un amigo hace que su práctica sea más agradable y motivadora. También es una buena manera de aprender nuevas posturas y obtener comentarios sobre su forma.

Practicar yoga es una gran manera de mejorar la flexibilidad, la fuerza y el bienestar general. Al añadir variedad a su práctica, mantiene su cuerpo y su mente desafiados y mantiene su motivación y progreso.

Alterne las posturas

Aunque las posturas y secuencias básicas de yoga son un gran punto de partida, existen muchas otras opciones para su práctica. Si busca algo diferente, estas sencillas posturas son algunas de las más comunes:

1. En lugar de un pliegue hacia adelante sentado, pruebe una torsión reclinada: esta postura es una gran manera de liberar la tensión en la parte inferior de la espalda y la columna vertebral.
2. En lugar de la postura del niño, pruebe una flexión de espalda con apoyo: esta postura es una forma suave de abrir el pecho y el corazón.
3. En lugar de la postura del gato y la vaca, pruebe un giro espinal: esta es una manera fácil de aflojar la columna vertebral y liberar la tensión acumulada en la espalda, el cuello y los hombros.
4. En lugar de una plancha lateral estándar, intente una plancha de delfín: esta postura es una gran manera de ganar fuerza en el núcleo y la parte superior del cuerpo.
5. En lugar de una postura para los hombros, pruebe con un pliegue hacia delante: es una forma sencilla de liberar la tensión en el cuello y la parte superior de la espalda.

El yoga más allá de las asanas

Muchas personas, al pensar en el yoga, se imaginan posturas de pie, torsiones y extensiones, actividades que requieren mucho esfuerzo y compromiso muscular. Sin embargo, la verdad es que el yoga es mucho más que meras posturas físicas. En el fondo, es una práctica para conectar la mente y el cuerpo, desarrollar una mayor conciencia y concentración y, en última instancia, lograr el equilibrio y la armonía en todos los aspectos de la vida. Este enfoque holístico tiene especial resonancia en la curación del chakra sacro, que recorre el eje central del bajo vientre y se asocia con el placer y el deseo.

Incorporando otras prácticas como el *pranayama* (ejercicios de respiración), la meditación o los mudras a su rutina de yoga, abre su cuerpo a un nivel más profundo, facilitando el flujo a través del chakra sacro. Tanto si incorpora estos elementos a su práctica habitual de asanas como si los utiliza como métodos independientes para equilibrar sus centros energéticos, le ayudarán a conectarse físicamente mientras alivia el estrés y la tensión. Mantener el chakra sacro abierto también le permitirá reconectar con su genuino deseo de vivir la vida en toda su belleza.

Esperamos que la información presentada en este capítulo le haya ayudado a conocer los distintos aspectos del yoga y sus beneficios, pero siempre hay más cosas por aprender. Si está interesado en profundizar en su práctica y conocer más sobre el potencial del yoga para la curación y el crecimiento, considere la posibilidad de inscribirse en un programa de formación de profesores de yoga o busque otros recursos que le ayuden en su viaje.

Capítulo 7: Uso de cristales y piedras

Los cristales son una poderosa herramienta para sanar y equilibrar los chakras. Cada cristal tiene propiedades diferentes y se utiliza de distintas maneras para sanar, equilibrar y fortalecer los chakras.

Los cristales se forman mediante procesos naturales a lo largo de miles de años; cada uno es único y contiene una energía propia y específica. Ayudan en muchos aspectos de la salud, incluyendo el equilibrio emocional y la iluminación espiritual.

Desde la antigüedad, los cristales se han utilizado en muchas culturas para curar dolencias físicas, problemas mentales y emocionales, para la meditación, la espiritualidad, y mucho más.

Este capítulo se centra en el uso de cristales y piedras para equilibrar el chakra sacro. Se discuten las propiedades de varios de ellos, por qué son buenos para este chakra y cómo usarlos, limpiarlos y cuidarlos.

El papel de los cristales en el equilibrio del chakra sacro

En la curación del chakra sacro se utilizan cristales de diferentes maneras. El papel de los cristales en el proceso de curación es despejar cualquier bloqueo y re-energizar el chakra, ayudando a restaurar su equilibrio y su funcionamiento óptimo.

El equilibrio del chakra sacro con cristales se realiza mediante varios métodos. Algunos de los más populares incluyen usarlos durante la meditación, llevarlos consigo o colocarlos sobre el cuerpo. Cuando se coloca un cristal directamente sobre la piel del chakra sacro, la energía del cristal fluye hacia el chakra y despeja cualquier bloqueo o desequilibrio.

He aquí algunas formas en que los cristales ayudan a equilibrar el chakra sacro:

Restauran el equilibrio del chakra

Los cristales restablecen el equilibrio energético del chakra sacro limpiando los bloqueos y balanceando la energía. Por ejemplo, la cornalina es una poderosa piedra para el chakra sacro que aumenta la motivación y la creatividad. El citrino es otro cristal que promueve el cambio positivo en el chakra sacro al disolver viejos patrones y creencias. Mediante el uso de cristales se pueden sanar viejas heridas y bloqueos y dar paso a nuevos niveles de creatividad, placer y vitalidad en el chakra sacro.

Promueven la fertilidad y la abundancia

Durante siglos, los cristales se han utilizado por sus propiedades mágicas. Hoy en día, muchos siguen creyendo que desarrollan la creatividad, la fertilidad y la abundancia. Aunque no hay evidencia científica que apoye estas afirmaciones, algunas personas encuentran que trabajar con cristales les ayuda a conectarse con su lado creativo. Otros utilizan los cristales para enfocar su intención cuando manifiestan bendiciones para su vida. Finalmente, otros llevan cristales para aumentar sus posibilidades de concebir un hijo.

Tanto si los cristales tienen poderes mágicos como si no, trabajar con ellos es una forma divertida y poderosa de conectar con sus intenciones y llenar su vida de energía positiva. Son una herramienta única para la curación y el autodescubrimiento, y si se utilizan correctamente, ayudan a elevar las vibraciones, a aumentar la creatividad y a atraer la abundancia.

Liberan el estrés y los traumas

El estrés y los traumas están entre los síntomas más comunes de un chakra sacro desequilibrado. Estas energías negativas drenan en la energía del cuerpo, haciéndonos sentir ansiosos, abrumados y desconectados de nuestro verdadero ser. Se puede trabajar con el poder curativo de los cristales para restaurar el equilibrio del chakra sacro y sacar estas energías tóxicas del cuerpo.

Algunos cristales, como el jade o la aguamarina, aumentan la atención y reducen el estrés al relajar la mente y el cuerpo. Otros, como la amatista o la calcita naranja, ayudan a liberar traumas pasados y creencias negativas que alimentan la ansiedad y el malestar. Por lo tanto, trabajar con cristales es una poderosa herramienta para sanar el chakra sacro, ya que es una forma eficaz de conectarse con los sentimientos y emociones más verdaderos.

Diferencia entre piedras y cristales

Las piedras y los cristales se utilizan a menudo indistintamente, pero hay una diferencia entre ambos. Las piedras son rocas naturales que han sido cortadas o pulidas. Se encuentran en una gran variedad de colores, formas y tamaños. Las piedras suelen utilizarse por su aspecto y se emplean principalmente en joyería o decoración. Los cristales, en cambio, son sustancias naturales o artificiales con una estructura cristalina. Tienen muchos propósitos diferentes y a menudo se utilizan como herramienta para la curación o la meditación.

Cuando se trata de equilibrar el chakra sacro, no hay diferencia entre utilizar piedras y cristales. Ambas cosas se utilizan para eliminar bloqueos y restablecer el equilibrio energético, lo que reduce la elección a las preferencias personales. Algunas personas prefieren el aspecto de las piedras, mientras que otras consideran que los cristales son más poderosos. En última instancia, es usted quien decide qué piedra o cristal se adapta mejor a sus necesidades.

¿Qué hace que una piedra o un cristal sea bueno para el chakra sacro?

El chakra sacro es un centro energético clave situado en la parte inferior del abdomen, justo debajo del ombligo. Influye en muchos aspectos de la vida, desde la creatividad y la sexualidad hasta las relaciones y la felicidad. Es importante trabajar con cristales y piedras que resuenen con el chakra sacro para apoyar la salud de este vital centro energético.

Por lo general, se considera que los cristales y piedras de color naranja o amarillo son especialmente beneficiosas para este chakra. Entre ellas se encuentran la cornalina, el citrino y el ojo de tigre. Además, cualquier piedra o cristal con un aspecto terroso u orgánico promueve el equilibrio en el chakra sacro. También es esencial tener en cuenta que ciertos cristales deben evitarse cuando se trabaja con el chakra sacro, como es el caso del cuarzo y la amatista.

Comprender lo que hace que una piedra o un cristal en particular sea eficaz para los centros de energía permite tomar decisiones más informadas a la hora de seleccionar piedras y cristales curativos. Elegir una piedra o cristal que resuene con el chakra sacro ayuda a desbloquear su poder y cultivar una mayor salud y felicidad en todos los ámbitos de la vida.

Color y apariencia

El chakra sacro se asocia con el color naranja, y muchas piedras y cristales presentan esta tonalidad. Sin embargo, otros colores también son eficaces para equilibrar este centro energético. Por ejemplo, las piedras rojas se utilizan para estimular la energía y la pasión, mientras que las amarillas fomentan la creatividad y la alegría. Por lo general, cualquier piedra o cristal de color brillante y visualmente atractivo ayuda a equilibrar el chakra sacro.

A la hora de elegir, es imprescindible que se deje llevar por su intuición y elija una piedra o cristal que le atraiga. Su conexión con las emociones hace que el chakra sacro sea un centro energético importante que hay que mantener en equilibrio. Trabajar con piedras y cristales de varios colores restablece la armonía en esta zona vital de su ser.

Propiedades y formación

Muchas personas practican la curación utilizando piedras y cristales con propiedades particulares que alinean y revitalizan este centro energético. Las diferentes piedras y cristales tienen características físicas únicas, como los materiales y las estructuras que, por ejemplo, les dan una forma afilada y puntiaguda.

Estas propiedades cumplen un papel importante en el uso de una piedra o cristal para el chakra sacro. Por ejemplo, el cuarzo es uno de los materiales más utilizados en la curación con cristales por sus fuertes vibraciones y sus efectos beneficiosos sobre el flujo de energía.

Además, algunas piedras como el jaspe rojo irradian calor de forma natural cuando se sostienen contra la piel en este chakra, lo que provoca una sensación de calidez y excitación.

Tenga en cuenta propiedades como las mencionadas para seleccionar una piedra o un cristal para su chakra sacro y optimice su fuerza y su comunicación con las energías de su cuerpo.

Piedras y cristales buenos para el chakra sacro

Muchas piedras y cristales se utilizan para apoyar la salud del chakra sacro, pero algunas son más frecuentes que otras. A continuación, hay una lista de algunas piedras y cristales ampliamente consideradas beneficiosos para el chakra sacro.

Cornalina

Propiedades: La cornalina es una piedra de ágata conocida por su vibrante color naranja, a menudo asociado con el chakra sacro. Además de su tono brillante, tiene otras propiedades que la convierten en un cristal eficaz para equilibrar el chakra sacro. Por ejemplo, que es conocida por potenciar la creatividad, la pasión y el impulso. Esta piedra también ayuda a equilibrar el chakra sacro, ya que mejora el flujo de energía y reduce los bloqueos.

Usos: La cornalina se usa a menudo como joya, o se coloca en el hogar o lugar de trabajo para apoyar la salud del chakra sacro. También se puede colocar directamente sobre este centro energético o cerca de él durante la meditación o la práctica de yoga para obtener mejores resultados. La cornalina también se puede utilizar en mandalas de cristales para la curación o colocarse en áreas de la casa o la oficina que necesiten un impulso extra de energía del chakra sacro.

Obsidiana copo de nieve

Propiedades: La obsidiana copo de nieve es un cristal volcánico con una base negra y manchas o vetas blancas similares a copos de nieve. Esta piedra tiene varias propiedades beneficiosas para el chakra sacro, incluyendo el enraizamiento de la energía, la reducción del estrés y la difusión de la calma. La obsidiana copo de nieve también ayuda a liberar emociones como la ira y el resentimiento, que bloquean el flujo de energía en el chakra sacro.

Usos: La obsidiana copo de nieve puede llevarse como joya o sostenerse durante la meditación, el yoga u otras prácticas, ya que promueve el flujo de energía en el chakra sacro. Para obtener mejores resultados, el cristal se coloca sobre o cerca del chakra sacro durante estas actividades. Esta piedra también se puede utilizar en los mandalas de curación con cristales o mantenerse en las zonas del hogar o la oficina en las que el estrés o la tensión son habituales.

Citrino

Propiedades: El citrino es una de las piedras más importantes para el chakra sacro debido a su tono naranja brillante y su asociación con la creatividad y la abundancia. Esta piedra es conocida por su capacidad para alinear el chakra sacro con los chakras inferiores, permitiendo que la energía fluya libremente y reduciendo los bloqueos que provocan el estancamiento. El citrino también aumenta la creatividad, la confianza y la alegría.

Usos: El citrino puede llevarse como joya, sostenerse durante la meditación o el yoga, o colocarse en el hogar o la oficina para apoyar la salud del chakra sacro. Esta piedra también puede añadirse a los mandalas de curación con cristales o colocarse en áreas donde la ansiedad, el estrés o la tensión son comunes, para promover la calma.

Ámbar

Propiedades: El ámbar es una resina de árbol fosilizado que ha sido utilizada durante siglos para apoyar la salud del chakra sacro. Esta piedra ayuda a equilibrar este chakra debido a su capacidad para limpiar y purificar la energía. El ámbar también se asocia con la creatividad, la fertilidad y la abundancia.

Usos: El ámbar puede llevarse como joya o colocarse en el hogar o la oficina para limpiar el chakra sacro. Colóquelo sobre o cerca del chakra sacro durante la meditación o el yoga para obtener mejores resultados. También se puede utilizar en los mandalas de curación con cristales o colocarse en las áreas de la casa o la oficina que necesiten un impulso extra de energía del chakra sacro.

Otras piedras y cristales

Muchas otras piedras y cristales son útiles para la salud del chakra sacro. Algunas de las sugeridas son la amatista, la piedra de luna, el ojo de tigre y el granate. Considere la posibilidad de consultar a un terapeuta de cristales cualificado o a un sanador energético para obtener más información sobre estos u otros cristales y piedras beneficiosas para el chakra sacro.

Cómo elegir, limpiar y cuidar sus piedras o cristales

Hay algunas cosas importantes que debe tener en cuenta cuando limpie y cuide sus piedras y cristales para el chakra sacro. El primer paso es elegir las piedras o cristales adecuados, haciendo énfasis en los que resuenan más fuertemente con la energía de este chakra. Algunas buenas opciones son la calcita naranja, la cornalina y el ojo de tigre.

Cuando elija sus cristales y piedras, preste atención a su color y claridad. Lo ideal es que sean brillantes y de aspecto suave, sin grietas ni líneas minerales visibles. Una vez que haya elegido sus piedras o cristales, debe limpiarlos colocándolos en un recipiente con agua fría durante la noche o a la luz directa del sol durante unas horas. Esto eliminará cualquier energía negativa persistente de propietarios o entornos anteriores.

Una vez que esté listo para usar sus piedras o cristales para el chakra sacro, debe involucrar todos sus sentidos en la meditación o concentrar su energía en este objetivo. Utilice la mayor cantidad de imágenes, sonidos, olores, etc., para sentirse plenamente conectado y equilibrado con estas gemas curativas.

1. **Elección de las piedras o cristales**

Elija piedras que resuenen con la energía de este chakra en particular. Otra consideración importante es el color. Dado que este chakra se asocia con el color naranja, lo mejor es optar por piedras de tonos anaranjados o rojos. Además, preste atención a otras propiedades de determinados cristales o piedras, como la sensación que producen en las manos o los atributos específicos que mejoran. La elección correcta de las piedras apropiadas es una forma poderosa de mejorar su energía espiritual y equilibrar su chakra sacro.

2. **Limpieza de sus piedras o cristales**

Una forma de mantener su chakra sacro en equilibrio es limpiar regularmente sus piedras y cristales. Esto elimina cualquier negatividad acumulada y permite que la energía positiva de la piedra fluya más libremente. Hay varias formas de limpiar las piedras.

Un método es ponerlas a la luz del sol durante unas horas. También puede limpiarlas con agua (colocándolas bajo el grifo o sumergiéndolas en un cuenco con agua durante la noche) o con sonido (tocando una campana cerca de ellas o cantando).

Si no está seguro de qué método utilizar, simplemente sostenga la piedra en su mano y pregúntele cómo le gustaría ser limpiada. Sea cual sea el método que elija, debe limpiar sus piedras regularmente para mantener su chakra sacro en equilibrio.

3. El cuidado de sus piedras o cristales

Una vez que haya elegido y limpiado sus piedras o cristales, debe cuidarlos bien para mantener su energía positiva. Evite exponerlas a productos químicos fuertes o a temperaturas extremas, ya que pueden dañar su superficie. Como ya se ha dicho también es importante limpiarlos con regularidad.

Además de estos consejos de cuidado, es aconsejable realizar otras prácticas asociadas al chakra sacro. Por ejemplo, pasar más tiempo en la naturaleza, cocinar alimentos nutritivos, practicar yoga o danza aumentan la creatividad y sensualidad de sus actividades. El cuidado de sus piedras y cristales y la realización de actividades que nutren su chakra sacro mantienen este centro energético equilibrado y saludable.

Como puede ver, el uso de cristales y piedras es una forma poderosa de mejorar su energía espiritual y equilibrar su chakra sacro. Se utilizan muchas piedras y cristales diferentes para este propósito, así que tómese su tiempo para experimentar y determinar cuáles funcionan mejor para usted.

Busque piedras y cristales que resuenen con la energía del chakra sacro y que sean de color naranja o rojo. Además, asegúrese de limpiarlos con regularidad utilizando uno de los métodos mencionados anteriormente. Recuerde cuidar sus piedras y realizar actividades que nutran su chakra sacro con frecuencia. La aplicación de estos consejos cuando utilice sus cristales y piedras mejorará su energía espiritual y traerá equilibrio a su chakra sacro.

Capítulo 8: Aromaterapia
Svadhisthana

La aromaterapia ayuda a abrir el chakra sacro
https://pixabay.com/images/id-3321811/

El ayurveda y los aceites esenciales van de la mano. Los aceites esenciales se han utilizado en la medicina india durante miles de años con muy buenos resultados. El ayurveda es un sistema holístico que utiliza todas las herramientas a su alcance para lograr el equilibrio: dieta, ejercicio, meditación, yoga y hierbas. Los aceites esenciales son una de las herramientas más potentes.

Según el Ayurveda, el uso de aceites aromáticos ayuda a abrir el chakra sacro y a que afloren las emociones positivas asociadas con él. La aromaterapia equilibra los centros energéticos de su cuerpo y logra armonía en su interior. Este capítulo explora algunos de los mejores aceites esenciales para *Svadhisthana,* sus propiedades y cómo utilizarlos.

El papel de los aceites esenciales para lograr el equilibrio del chakra sacro

Los aceites esenciales proporcionan una dosis altamente concentrada de medicina vegetal si se aplican directamente en el torrente sanguíneo para su absorción inmediata en las células. Esto permite que el cuerpo acceda y aproveche los beneficios curativos de estos aceites más rápidamente que si los tomara de otra manera.

Además, estos aceites pueden ponerse en el ambiente, inhalarse o aplicarse de forma tópica para obtener efectos específicos en zonas concretas del cuerpo, lo que los convierte en una opción ideal para tratar los desequilibrios del chakra sacro. Hay muchas opciones de aromaterapia para equilibrar *Svadhisthana,* y cada aceite tiene propiedades únicas que lo hacen ideal para abrir este centro energético.

Varios aceites esenciales son una herramienta útil para lograr el equilibrio del chakra sacro. Por ejemplo, el aceite de ylang-ylang es conocido por favorecer la felicidad y la satisfacción. Por otro lado, el aceite de jazmín alivia la tensión sexual y el insomnio. La difusión de estos aceites o su aplicación tópica en el bajo vientre fomenta el flujo de energía creativa y alinea todo el ser.

El papel del olfato en la aromaterapia

Uno de los sentidos más importantes en la aromaterapia, obviamente, es el olfato. La capacidad de oler es crucial para promover el equilibrio y el bienestar en el chakra sacro, porque está estrechamente vinculada con la mente subconsciente y la ubicación de este centro energético.

Utilizando diariamente esencias y aromas específicos, se puede desbloquear y equilibrar este chakra. Por ejemplo, se cree que los aceites esenciales como el ylang-ylang y la naranja favorecen el segundo chakra porque aportan alegría, sensualidad y creatividad a la vida.

Así que, si quiere mejorar este aspecto de su ser, no subestime el poder del olfato. Puede vivir una vida más vibrante y equilibrada con los aromas y aceites esenciales adecuados favoreciendo su chakra sacro.

Los beneficios de los aceites esenciales para el chakra sacro

Muchas personas confían en los aceites esenciales para mantener un equilibrio y una conexión saludable en este centro energético. Los aceites esenciales son extractos naturales de plantas, apreciados por su fragancia y propiedades curativas. El uso de aceites específicos como el jazmín o el ylang-ylang en el chakra sacro, o cerca de él, fomenta la alegría y el optimismo, mejora la capacidad de expresión creativa y activa la libido.

Tanto si se utilizan en prácticas de meditación como si se diluyen en un baño relajante, los aceites esenciales ayudan a alinear el chakra sacro. Así que, si está buscando una forma natural de impulsar su bienestar y estimular la creatividad y vitalidad de su vida, no busque más que los poderosos beneficios de los aceites esenciales.

1. **Alivian la ansiedad y el estrés**

Siempre que se sienta ansioso o estresado, el uso de la aromaterapia es una forma útil de encontrar alivio. Los aromas de ciertos aceites esenciales calman y tranquilizan la mente, aliviando los síntomas de ansiedad y promoviendo una sensación de paz. El chakra sacro está estrechamente relacionado con el estado emocional y las propiedades curativas de los aceites esenciales devuelven el equilibrio a este centro energético.

2. **Aumentan la libido**

Una vida sexual sana es una parte importante de un chakra sacro equilibrado. Por lo tanto, si quiere añadir un poco más de sabor a su vida amorosa, utilice aceites esenciales específicos para aumentar su libido. Estos aceites aumentan la pasión y la excitación, promoviendo un chakra sacro más energizado.

3. Aumentan la creatividad y la imaginación

El chakra sacro es conocido como la «central de la creatividad». El uso de aceites esenciales específicos estimula su imaginación y hace que aproveche su potencial creativo. Estos aceites también se utilizan para la manifestación de los sueños y los objetivos, aumentando la claridad de pensamiento e impulsando un mayor éxito en todas las áreas de su vida.

Como puede ver, los beneficios de los aceites esenciales para el chakra sacro son abundantes. Ya sea para aliviar el estrés y la ansiedad, potenciar la libido o mejorar la creatividad, estos poderosos extractos de plantas son una herramienta fabulosa para lograr un mayor equilibrio en la vida.

Cómo utilizar los aceites esenciales para *Svadhisthana*

Los aceites esenciales se utilizan de varias maneras cuando se trata de abrir y equilibrar el chakra sacro. Algunos de los métodos más populares son:

Inhalación

La inhalación de aceites esenciales es una gran manera de aprovechar los beneficios terapéuticos de estos poderosos compuestos vegetales. Al respirar los vapores aromáticos, se estimula directamente la médula oblonga, la parte del cerebro responsable de regular procesos subconscientes fundamentales como el ritmo cardíaco y la respiración.

Los aceites esenciales contienen componentes que tratan problemas de salud específicos, como la inflamación y los dolores crónicos. Por ello, la inhalación es especialmente útil para *Svadhisthana*, el chakra sacro, que está vinculado con bienestar físico y emocional y rige el deseo sexual y la creatividad.

Inhalar aceites esenciales para dedicar un tiempo diario exclusivamente a *Svadhisthana* ayuda a aprovechar este centro energético y a experimentar mayor alegría y placer. Tanto si se utiliza un difusor de aromas como si se hacen unas cuantas respiraciones profundas antes de acostarse, la inhalación es una forma sencilla y eficaz de lograr el equilibrio en los centros energéticos vitales.

Aplicación tópica

La aplicación tópica consiste en diluir el aceite esencial en un aceite portador o una loción antes de masajear la piel. Esto permite que el cuerpo absorba las propiedades beneficiosas del aceite más lentamente y de forma más duradera. Es importante tener en cuenta las posibles sensibilidades de la piel cuando se utilizan aceites esenciales por vía tópica. Por lo tanto, siempre es una buena idea hacer una pequeña prueba en la piel antes de usar un aceite por primera vez.

El chakra *Svadhisthana* es una de las zonas del cuerpo que más se beneficia con la aplicación tópica de estos aceites. Los aceites esenciales son una forma excelente de devolver la alineación a este chakra, promoviendo el bienestar físico y mental. Algunos de los aceites esenciales más útiles para *Svadhisthana* son el ylang-ylang, el pachulí, el sándalo, el geranio, la salvia, la lavanda, el romero y el cedro.

Estos potentes extractos de plantas tienen propiedades bien conocidas para restablecer el equilibrio de este importante centro energético del cuerpo. Por ejemplo, se sabe que el ylang-ylang mejora la autoestima y reduce los niveles de estrés al actuar sobre los niveles de dopamina del cerebro. El aceite de pachulí se utiliza tradicionalmente como afrodisíaco por su capacidad de estimular la libido y aumentar la energía sexual. El aceite de sándalo ha sido venerado durante mucho tiempo por sus propiedades calmantes y relajantes, que alivian la ansiedad y promueven la paz y el bienestar.

Difusión

La difusión es una forma estupenda de disfrutar de los beneficios de los aceites esenciales sin aplicarlos directamente sobre la piel. Este método consiste en utilizar un vaporizador o un difusor de aromas para dispersar los aceites esenciales en el aire que le rodea. Resulta especialmente útil para fomentar el bienestar mental, ya que crea un entorno calmado y relajante.

En su nivel más básico, la difusión de aceites esenciales estabiliza este chakra porque promueve una sensación de relajación y calma. Además, muchos aceites esenciales tienen propiedades curativas que ayudan a tratar dificultades específicas relacionadas con *Svadhisthana*, como el equilibrio de las hormonas sexuales o la estimulación del deseo. En resumen, el uso de difusores con aceites esenciales es una forma de devolver el equilibrio y la armonía a su vida.

Masaje de aromaterapia

Un masaje de aromaterapia es una poderosa herramienta para promover la curación y el equilibrio en el cuerpo. Uno de sus principales beneficios es que trabaja directamente sobre el chakra sacro. El masaje de aromaterapia desbloquea y estimula este chakra, restaurando el flujo natural de la energía y permitiendo que el cuerpo libere las toxinas y emociones nocivas atrapadas en él.

Si su objetivo es la curación física, el bienestar emocional, o ambos, un masaje de aromaterapia es una poderosa herramienta para equilibrar y revitalizar su chakra sacro. Es importante elegir un aceite esencial que trabaje en sus necesidades específicas. Algunos de los aceites más populares utilizados en los masajes de aromaterapia para *Svadhisthana* son el ylang-ylang, el sándalo, el pachulí, el romero y el geranio. Se ha demostrado que estos aceites liberan el estrés, aumentan la libido y mejoran la autoestima.

Aceites esenciales para *Svadhisthana*

Diferentes aceites esenciales ayudan a equilibrar el chakra sacro. Aquí están algunas de las opciones más populares y eficaces:

Ylang-Ylang

Propiedades: El Ylang-Ylang es una flor de olor dulce que ha sido venerada durante mucho tiempo por sus propiedades curativas. Este aceite ayuda a promover la felicidad y la paz, a la vez que fomenta un sentimiento de amor propio y aceptación. Este potente aceite es rico en nutrientes, como ácidos grasos y antioxidantes, lo que lo convierte en un tratamiento muy eficaz para trastornos como el estrés, la ansiedad y la depresión. Además, sus propiedades aromáticas lo convierten en una gran herramienta para la relajación y la meditación.

Usos: El aceite de Ylang-Ylang se utiliza sobre todo en masajes de aromaterapia o en difusores. También puede añadirse al agua de un baño ritual, diluido en un aceite portador, o incluso aplicarse de forma tópica sobre la piel. Al utilizar el aceite esencial de ylang-ylang es fundamental hacerlo en pequeñas cantidades y tener precaución al aplicarlo sobre la piel. Los aceites esenciales muy concentrados pueden irritar si se utilizan en grandes cantidades o se aplican directamente sobre la piel.

Naranja dulce

Propiedades: El aceite esencial de naranja dulce es una poderosa herramienta para equilibrar el chakra sacro, ya que rige los sentimientos de placer, creatividad, sexualidad y bienestar emocional. Debido a su aroma cálido y llamativo y a sus numerosas propiedades terapéuticas, se utiliza para reducir los bloqueos energéticos en este importante chakra y restablecer el equilibrio del cuerpo y la mente. Sus principales propiedades incluyen efectos antisépticos, afrodisíacos, tónicos, antidepresivos, antiinflamatorios y sedantes.

Usos: Este versátil aceite, utilizado en tratamientos de aromaterapia o mezclado con otros aceites para aplicaciones tópicas, favorece la relajación profunda y el alivio del estrés. Tanto si se aplica por vía tópica como si se difunde en el aire con fines de aromaterapia, el aceite esencial de naranja dulce es una excelente opción para quienes desean aprovechar el poder curativo de la naturaleza.

Mandarina

Propiedades: Al igual que la naranja dulce, el aceite esencial de mandarina es útil para equilibrar el chakra sacro. Este aceite favorece la creatividad, el placer y la vitalidad sexual. También es una gran opción para mejorar el estado de ánimo o reducir el estrés y la ansiedad. Tiene un aroma refrescante y cálido que despeja la mente y promueve la sensación de bienestar. Además de sus beneficios emocionales, el aceite esencial de mandarina también tiene efectos antisépticos, antiinflamatorios y desintoxicantes.

Usos: El aceite esencial de mandarina mejora la salud emocional y física y se utiliza de muchas maneras, como en un difusor o diluido en un aceite portador para su aplicación tópica. También puede añadirse a los baños rituales o utilizarse en masajes. Cuando se utiliza, es importante empezar con una pequeña cantidad y aumentar gradualmente según sea necesario para el chakra sacro. Además, hay que consultar con un profesional de la salud antes de utilizar cualquier aceite esencial si se está embarazada o en período de lactancia.

Pachulí

Propiedades: El pachulí es una hierba poderosa que se ha utilizado en la medicina tradicional china durante miles de años. Este aceite se utiliza a menudo con fines curativos, ya que reduce la inflamación y mejora la circulación. El aceite esencial de pachulí también es conocido por promover la paz, la calma y el bienestar. Debido a sus propiedades afrodisíacas, es una excelente opción para mejorar la libido y potenciar la salud sexual.

El aceite de pachulí despierta y equilibra el chakra sacro, ya que sus propiedades curativas incluyen el enraizamiento, el rejuvenecimiento y la calma. Además, se utiliza habitualmente en aromaterapia para potenciar la pasión y la sensualidad, por lo que es una opción popular para quienes desean abrirse y conectar con este aspecto de sí mismos.

Usos: El aceite esencial de pachulí es uno de los más versátiles disponibles, ya que se puede usar exitosamente de muchas formas. Cuando se utiliza en tratamientos de aromaterapia o en difusión, puede añadirse a un difusor o mezclarse con otros aceites para obtener una experiencia relajante y enraizante. El aceite de pachulí debe diluirse con un aceite portador antes de su aplicación tópica. También puede añadirse a los baños rituales o utilizarse en masajes.

Tanto si se utiliza en un difusor como si se aplica directamente sobre la piel, el aceite esencial de pachulí es una poderosa herramienta para promover la salud y el bienestar general. Tanto si desea aumentar su libido como si simplemente busca sentirse más conectado con su verdadero yo, le ayudará a desbloquear su chakra sacro y liberar todo su potencial.

Geranio

Propiedades: Con sus ricos compuestos, similares a las hormonas, el geranio es bien conocido por calmar y tranquilizar el chakra sacro, ayudando a crear calma y equilibrio. Además, se utiliza para favorecer la digestión y para tratar males de la piel como el eczema o las infecciones por hongos. En general, el aceite esencial de geranio es una herramienta valiosa para mejorar la salud del chakra sacro, porque alivia la ansiedad y mejora el estado de ánimo general.

Usos: El aceite esencial de geranio, utilizado de diversas maneras, favorece la salud y el equilibrio. A menudo se combina con otros aceites, como el ylang-ylang o la lavanda, para potenciar sus efectos relajantes. El geranio también puede difundirse en el hogar para crear una atmósfera de calma y relajación. Como ocurre con todos los aceites esenciales, es importante diluirlo con un aceite portador antes de aplicarlo sobre la piel. También puede añadirse a los baños rituales o utilizarse en masajes.

Los aceites esenciales son una herramienta eficaz para mejorar los niveles de energía y las condiciones del chakra sacro. En particular, aceites como el de naranja, jazmín y ylang-ylang son famosos por fortalecer este centro energético, asociado a la alegría, el placer, la sensualidad, la creatividad y la espiritualidad. Estos aceites pueden utilizarse de diversas maneras para aprovechar al máximo sus propiedades curativas. Tanto si se difunden en el aire como si se aplican directamente sobre la piel, revitalizan su chakra sacro y favorecen sensaciones de equilibrio y bienestar.

Así que, si busca una forma natural de aumentar sus niveles de energía y mejorar su conexión espiritual con el mundo que le rodea, no busque más que los aceites esenciales. Con poco tiempo y esfuerzo, pueden cambiar su vida para siempre.

Descargo de responsabilidad: lea siempre la etiqueta de los aceites esenciales antes de usarlos y tenga cuidado cuando los utilice cerca de animales domésticos, personas alérgicas, mujeres embarazadas o niños. La seguridad y la eficacia de los aceites esenciales no están garantizadas de ninguna manera, así que consulte con un profesional sanitario antes de realizar cualquier cambio en su rutina. Como siempre, esto no es un consejo médico. Hable con su médico antes de realizar cualquier cambio en su dieta o estilo de vida.

Capítulo 9: Dieta y nutrición

El chakra sacro es un centro energético clave, responsable de regular las funciones corporales y las emociones. Para mantener este importante chakra en equilibrio, es fundamental tomar decisiones dietéticas saludables y tener una nutrición que lo beneficie. Juntas, la dieta y la nutrición desempeñan un papel esencial en el mantenimiento de un chakra sacro equilibrado y saludable.

La dieta y la nutrición son herramientas poderosas para mejorar la salud del sistema de chakras y mantener el equilibrio general en el cuerpo y la mente humana. Aunque muchos alimentos ayudan a equilibrar el chakra sacro, este capítulo se centra en algunos de los más eficientes. También aborda algunas recetas sencillas para desbloquearlo y equilibrarlo.

La relación entre los alimentos y el chakra sacro

Los alimentos desempeñan un papel importante en la salud y el bienestar general. Desde proporcionar los nutrientes necesarios hasta proporcionar energía, la comida sana es esencial para un buen funcionamiento del cuerpo y la mente. Pero la conexión entre nuestra comida y nuestro cuerpo es aún más profunda. Los alimentos que comemos también tienen un impacto significativo en el chakra sacro.

Los alimentos ricos en fibra, como las frutas y las verduras frescas, ayudan a abrir este chakra y promueven la vitalidad y el bienestar. En cambio, los alimentos fritos o excesivamente procesados limitan el flujo de energía en el chakra y nos hacen sentir lentos o sin inspiración. Así que, ya sea para potenciar su creatividad o para encontrar más alegría en su vida diaria, asegúrese de alimentar bien su cuerpo.

La importancia de una dieta sana

Una dieta saludable es crucial para mantener el chakra sacro en equilibrio. Los alimentos ricos en color y sabor, como la fruta y la verdura, son especialmente beneficiosos. Los alimentos anaranjados y rojos son especialmente útiles para tener un chakra sacro saludable, así que incorpore a su dieta zanahorias, batatas y tomates.

Además de comer productos frescos, es importante mantenerse hidratado. El elemento agua está estrechamente relacionado con el chakra sacro, así que beba mucha agua a lo largo del día para que su energía siga fluyendo. Si sigue estos sencillos consejos, mantendrá su chakra sacro sano y equilibrado.

Alimentación y dieta

Los interesados en hacer dieta y perder peso deben tener en cuenta algo más que los alimentos que introducen en su cuerpo. La energía corporal juega un papel importante en el éxito de cualquier objetivo. Si intenta perder peso, es esencial que se concentre también en el equilibrio de su chakra sacro.

Una forma de hacerlo es comiendo alimentos asociados con el elemento agua, como los arándanos, el salmón y el pepino. Además, el uso de cristales como la cornalina y la piedra lunar ayuda a equilibrar este chakra. Por lo tanto, adoptar un enfoque holístico en la dieta aumenta las posibilidades de éxito.

Beneficios del ayuno

El ayuno ofrece muchos beneficios para el chakra sacro. Quizás el más obvio es que ayuda a resolver los bloqueos y desequilibrios en este centro energético. Al prescindir de la comida y de otras comodidades materiales, se adquiere una mayor comprensión de los anhelos y deseos subyacentes, lo que permite tomar mejores decisiones en el día a día. Además, se fomenta una mayor conciencia y crecimiento espiritual al experimentar un estado de privación y centrarse más intensamente en el momento presente.

Puede disfrutar de una existencia más equilibrada y significativa si se libera de los hábitos insanos y controla sus impulsos. Sin embargo, es importante practicar técnicas de ayuno seguras y pedir consejo a un profesional de la salud antes de probar este método. Con la preparación y el apoyo adecuados, el ayuno es una poderosa herramienta para promover la salud del chakra sacro.

Desintoxicación y limpieza

A la hora de purificar y energizar el chakra sacro, existen muchos enfoques diferentes. Un método popular es la desintoxicación y la limpieza con alimentos. Los alimentos como la fruta y la verdura son naturalmente ricos en antioxidantes y otros nutrientes que equilibran este centro energético. Además del ejercicio regular y la meditación, hay otras opciones de estilo de vida que promueven el libre flujo de energía dentro del cuerpo.

Pasar tiempo en la naturaleza, desconectarse de la tecnología y concentrarse en sus pasiones son excelentes maneras de limpiar el exceso de energía. Los beneficios de la desintoxicación y la limpieza son muchos, como el aumento de los niveles de energía, la estabilidad emocional y el bienestar general. Con algunos ajustes sencillos en su rutina diaria, puede revitalizar su chakra sacro y alcanzar el bienestar.

Alimentos que debe evitar para tener un chakra sacro sano

Algunos alimentos y otras sustancias pueden agravar o alterar el chakra sacro si se consumen con demasiada frecuencia. La cafeína y el alcohol son dos de los más nocivos, ya que producen deshidratación y desequilibrio en este centro energético. Los alimentos procesados y los aditivos artificiales también son muy dañinos, ya que impiden el libre flujo de energía dentro del cuerpo.

Es crucial ser consciente de cómo afectan los distintos alimentos y sustancias a su cuerpo para tomar decisiones informadas sobre qué comer y qué evitar. Cuanto mejor entienda el papel de una dieta en la salud del chakra sacro, más fácil será mantener este centro energético equilibrado y saludable. Puede mantener su chakra sacro saludable y disfrutar de un mayor bienestar siendo consciente de los alimentos y otras sustancias que consume.

La teoría del color y los alimentos anaranjados

En la teoría del color, el naranja se asocia a menudo con el chakra sacro. Este centro de energía está situado en la parte inferior del abdomen y desempeña un papel fundamental en la salud física y emocional. Por lo tanto, los alimentos de color naranja favorecen su funcionamiento óptimo, promoviendo una buena digestión y mejorando el estado de ánimo. Algunos alimentos naranjas saludables son la zanahoria, la batata, la calabaza, el melocotón, el mango, el melón, la naranja y la ahuyama.

Por sus altos niveles de carotenoides y vitamina C, estos alimentos proporcionan los nutrientes necesarios para nutrir el chakra sacro y promueven una sensación de alegría y bienestar. Los beneficios potenciales incluyen un aumento de los niveles de energía, un mejor estado de ánimo y una mejor digestión. Además de incluir más alimentos de color naranja en su dieta, puede utilizar la aromaterapia o la meditación para equilibrar aún más este centro energético.

Incluir estos alimentos en su dieta le ayudará a desbloquear y equilibrar el chakra sacro, favoreciendo su bienestar general. Si su dieta no incluye muchos alimentos de color naranja, es una buena idea que empiece a añadir algunos en sus comidas y tentempiés. Con un poco de esfuerzo, puede incorporar fácilmente estos alimentos a su dieta y disfrutar de los múltiples beneficios que ofrecen.

Alimentos que desbloquean o equilibran el chakra sacro

Los alimentos tradicionalmente utilizados para desbloquear o equilibrar el chakra sacro incluyen frutas y verduras amarillas como la papaya, el mango, el jengibre y el limón, que son eficaces por su color brillante y su dulzura natural. Asimismo, estimulan la producción de hormonas reproductivas y energizan el cuerpo durante la meditación.

1. **Zanahoria**

Una forma de sanar el chakra sacro es comiendo zanahorias. Las zanahorias están físicamente conectadas con la tierra y contienen beta-caroteno, que equilibra las hormonas y mejora la fertilidad. Además, el dulzor de las zanahorias restablece la sensación natural de placer y vitalidad. Una forma sencilla de incorporar más zanahorias a su dieta es añadirlas a las ensaladas, sopas y salteados.

2. Melocotón

Los melocotones son un alimento maravilloso para nutrir el chakra sacro. A diferencia de otras frutas con alto contenido de acidez y de azúcar, los melocotones contienen niveles relativamente bajos de ambas cosas. Además, contienen muchos nutrientes esenciales como la vitamina C y los antioxidantes, que favorecen la salud general y equilibran los sistemas energéticos del cuerpo.

Más allá de sus beneficios físicos, los melocotones también tienen una energía relajante y sensual que es perfecta para despertar el chakra sacro. Su fragancia dulce ha sido apreciada durante mucho tiempo por los perfumistas, mientras que su suave textura y su delicado sabor pueden transportarlo instantáneamente a los soleados días de verano que pasa con sus amigos relajándose en un patio o descansando bajo un árbol en la playa.

3. Batata

Es esencial incorporar alimentos que ayuden a energizar, y mantener el chakra sacro, como la batata. Con su color vibrante y su delicioso sabor dulce, este tubérculo nutre el cuerpo y la mente. Las batatas son ricas en muchos nutrientes beneficiosos para el chakra sacro, como las vitaminas A y C, el magnesio, el cobre y otros minerales clave.

Comer batata estimula la creatividad, anima a experimentar con nuevos sabores y a explorar nuevas posibilidades. Ya sea que se disfruten como parte de un desayuno delicioso o simplemente se horneen como postre después de la cena, el consumo regular de batatas es una manera fácil de nutrir el chakra sacro y promover la felicidad, la salud y la vitalidad.

4. Papaya

Pocos alimentos son más eficaces que la papaya para equilibrar el chakra sacro. Esta fruta dulce y jugosa contiene una amplia gama de nutrientes vitales y compuestos bioactivos que apoyan el funcionamiento saludable de este centro energético. Desde potentes antioxidantes hasta enzimas energizantes como la bromelina, los nutrientes de la papaya ayudan a desbloquear el flujo de la fuerza vital a través del chakra sacro. Su textura suave y su sabor dulce hacen que comer papaya sea un placer que favorece la salud y el bienestar.

Esta fruta naranja y jugosa es rica en antioxidantes y vitamina C, que ayudan a mejorar la salud del sistema reproductivo. La papaya se ha utilizado tradicionalmente en la medicina ayurvédica para remediar los desequilibrios menstruales y los problemas de fertilidad. Tiene un sabor dulce y ligero que la hace perfecta para batidos o ensaladas. Con su dulzura natural y textura suave, la papaya es una gran manera de equilibrar el chakra sacro y mejorar la salud en general.

5. **Mango**

El color naranja se utiliza a menudo para representar el chakra sacro, y el mango es la fruta perfecta para equilibrar este centro de energía. No solo es delicioso y exótico, sino que también contiene vitaminas A y C, que promueven la creatividad. Además, se utiliza a menudo en la medicina tradicional china para mejorar la circulación y aumentar la libido.

Con su sabor dulce y su textura cremosa, el mango es un delicioso complemento para los batidos, el yogur o la avena. Para un tentempié rápido y fácil, puede disfrutarlos solos o con crema encima. Considere la posibilidad de añadir mangos a su dieta si está buscando más entusiasmo en su vida; le ayudarán a equilibrar su chakra sacro y lo dejarán satisfecho y con energía.

Sea cual sea la forma en que elija comer mango, esta delicia tropical ayuda a equilibrar el chakra sacro y promueve la salud y el bienestar general. Esta deliciosa fruta es una forma estupenda de disfrutar de los beneficios del chakra sacro y, al mismo tiempo, complacer a sus sentidos.

Recetas de comidas saludables y divertidas que equilibran el chakra sacro

Una de las mejores ideas para equilibrar el chakra sacro es incorporar alimentos alineados con este centro energético. La forma de hacerlo es añadir ingredientes de color naranja, como las batatas, la papaya y los mangos, a su dieta habitual. Estos alimentos no solo son deliciosos, sino que ayudan a energizar el chakra sacro y a estimular la creatividad.

Batido de naranja y papaya

Ingredientes:

- 1 taza de papaya, cortada en cubos.
- 1 naranja, pelada y exprimida.
- 1 taza de yogur natural.
- 2 cucharadas de miel.

Instrucciones:

1. Combine todos los ingredientes en una licuadora y bata hasta que esté suave.
2. Vierta en vasos y sirva inmediatamente.

Batatas fritas

Ingredientes:

- 1 batata grande cortada.
- 1 cucharada de aceite de oliva.
- 1/2 cucharadita de ajo en polvo.
- 1/2 cucharadita de pimentón.

Instrucciones:

1. Precaliente el horno a 400 grados Fahrenheit.
2. Mezcle los trozos de batata en un bol grande con aceite de oliva, ajo en polvo y pimentón.
3. Extienda en una bandeja y hornee entre quince y veinte minutos, o hasta que las batatas estén crujientes y tiernas.

Ensalada de mango

Ingredientes:

- 1 lechuga, enjuagada y seca.
- 1 mango, pelado y cortado en cubos.
- 1 pimiento picado.
- 1 aguacate, sin semilla y cortado en cubos.
- Zumo de 1 lima.

- 1 cucharada de aceite de oliva.

Instrucciones:

1. Mezcle la lechuga, el mango, el pimiento, el aguacate y el zumo de lima en un bol grande.
2. Rocíe con aceite de oliva y sirva inmediatamente.

Salteado de verduras a la naranja

Ingredientes:

- 1 cucharada de aceite de oliva.
- 1 naranja, pelada y cortada en cubos.
- 1 cabeza de brócoli, cortada en ramas.
- 1 pimiento rojo, cortado en julianas.
- 1/2 cucharadita de jengibre.
- 1 cucharada de salsa de soja.

Instrucciones:

1. Caliente el aceite de oliva a fuego medio-alto en un bol o sartén grande.
2. Añada la naranja y saltee durante dos minutos.
3. Añada el brócoli, el pimiento rojo y el jengibre.
4. Saltee entre tres y cinco minutos o hasta que las verduras estén tiernas.
5. Añada la salsa de soja y siga salteando durante un minuto.
6. Sirva inmediatamente.

Ensalada de melocotón y albahaca

Ingredientes:

- 1 lechuga, enjuagada y seca.
- 2 melocotones sin semilla cortados en cubos.
- 1/4 de taza de almendras en trozos.
- 1/4 de taza de albahaca fresca picada.
- 2 cucharadas de aceite de oliva.
- 2 cucharadas de miel.

Instrucciones:

1. Mezcle la lechuga, los melocotones, las almendras, la albahaca, el aceite de oliva y la miel en un bol grande.
2. Sirva inmediatamente.

Muffins de zanahoria

Ingredientes:

- 1 taza de harina integral.
- 1 cucharadita de polvo de hornear.
- 1/4 de cucharadita de sal.
- 3/4 de taza de leche.
- 1/4 de taza de aceite vegetal.
- 1 huevo batido.
- 2 zanahorias grandes, ralladas.

Instrucciones:

1. Precaliente el horno a 350 grados Fahrenheit.
2. En un bol grande, mezcle la harina, la levadura en polvo y la sal.
3. Añada la leche, el aceite vegetal y el huevo y remueva hasta que se incorporen.
4. Añada las zanahorias.
5. Vierta la masa en un molde para *muffins* engrasado y hornee entre quince y veinte minutos, o hasta que inserte un palillo en el centro de un *muffin* y salga limpio.

Brownies de batata

Ingredientes:

- 1 taza de puré de batata (aproximadamente 2 batatas grandes).
- 3/4 de taza de azúcar.
- 1/4 de taza de aceite vegetal.
- 3 cucharadas de cacao en polvo.

- 1 cucharadita de extracto de vainilla.

Instrucciones:

1. Precaliente el horno a 375 grados Fahrenheit.
2. Mezcle el puré de batata, el azúcar, el aceite vegetal, el cacao en polvo y el extracto de vainilla en un bol grande.
3. Vierta la masa en un molde para hornear de 8x8 pulgadas engrasado y hornee entre veinte y veinticinco minutos, o hasta que los *brownies* estén firmes y un palillo insertado en el centro salga limpio.

Estas recetas son solo algunas de las múltiples maneras en que puede incorporar ingredientes de color naranja a su dieta para equilibrar su chakra sacro. Agregar estos alimentos a su rutina desbloquea la creatividad y fomenta las emociones positivas.

Como puede ver, hay muchas maneras diferentes de incorporar ingredientes de color naranja a su dieta para mejorar la salud y el funcionamiento de su chakra sacro. Tanto si elige comer estos alimentos solos como si los incorpora a sus recetas favoritas, se beneficiará con sus propiedades y podrá desbloquear y equilibrar este importante centro energético. Así que, ¿por qué no los prueba hoy mismo y ve cómo se siente? Ya sea que quiera mejorar su creatividad, mejorar su estado de ánimo o simplemente disfrutar de una comida sana y deliciosa, estos alimentos le ayudarán.

Descargo de responsabilidad: La información proporcionada en este capítulo tiene únicamente fines educativos y no pretende reemplazar ni sustituir el asesoramiento médico de un profesional. Si tiene alguna duda o pregunta sobre su dieta y su salud, hable con su médico o nutricionista certificado para que le asesore.

Capítulo 10: Rutina de siete días para *Svadhisthana*

La apertura y la curación de su chakra sacro deben ser una prioridad en su vida. Esto significa que debe dedicar algo de tiempo cada semana a actividades positivas para *Svadhisthana*, como el yoga y la meditación. Al mismo tiempo, debe evitar los comportamientos que perjudican a este importante centro energético, como el estrés por el trabajo o los excesos en general.

Reserve al menos una hora al día para realizar actividades que fortalezcan su chakra sacro teniendo en cuenta estos objetivos, como el yoga o los ejercicios de relajación como la respiración profunda y la relajación muscular progresiva. Además, incorpore períodos de descanso en su rutina, ya que el estrés y la fatiga ralentizan el proceso de curación del *Svadhisthana*.

Seguir esta sencilla rutina diaria garantiza que la energía de su chakra sacro se mantenga fuerte y equilibrada durante toda la semana.

A medida que se acerca el final de este libro, es momento de poner en práctica toda la información aprendida sobre *Svadhisthana*. En este último capítulo hemos creado una rutina semanal para abrir y sanar el chakra sacro. Empieza cada día con una secuencia de yoga para energizar y activar el chakra; pasa a algunos mantras, afirmaciones y mudras para enfocar y dirigir la energía a *Svadhisthana*; y termina con un ejercicio de meditación para relajarse y a soltar la tensión o el estrés retenidos.

Definir la rutina semanal del chakra sacro

Establecer una rutina consistente es clave para lograr bienestar y equilibrio. Su chakra sacro es un área que se beneficia particularmente con una rutina bien pensada. Por lo tanto, para que su chakra sacro esté en plena forma, es esencial que establezca algunos hábitos durante la semana. Estos pueden incluir un diario en el que escriba sus sentimientos en diferentes áreas de su vida o la meditación, para conectar con este poderoso centro de energía.

Además, incorporar ejercicios como el yoga o la danza en su rutina es una gran manera de comprometerse con la energía del chakra sacro y liberar los sentimientos atrapados o estancados en su interior. Con dedicación y persistencia, practicando un poco de autocuidado cada día, experimentará todas las alegrías que la vida tiene para ofrecerle.

Lunes - Posturas de yoga, ropa naranja, crear algo nuevo

Posturas de yoga: Postura del camello, del gato y de la vaca.

Ropa naranja: Use algo naranja para sentirse más conectado con su chakra sacro.

Cree algo nuevo: Emprenda un nuevo proyecto creativo o comience un diario en el que documente sus pensamientos y sentimientos.

Los lunes, empiece el día haciendo algunas posturas de yoga energizantes. Incluya torsiones para desintoxicar el cuerpo y aperturas de cadera para liberar la energía estancada. Mientras practica, concéntrese en la respiración y piense en las cualidades del chakra sacro, que son la creatividad, el placer y la fluidez.

Después de la práctica de yoga, tómese un momento para reflexionar sobre sus sentimientos. Si se siente creativo, es un buen momento para empezar un nuevo proyecto. Si se siente feliz, haga algo que alimente esa alegría. Si siente que la vida fluye bien, déjese llevar y vea a dónde le lleva el día.

Martes - Meditación, mudras, afirmaciones

Meditación: Practique una meditación guiada que le ayude a conectar con su chakra sacro y a liberar la tensión o el estrés que está reteniendo.

Mudras: Pruebe mudras como el *Apana* y el *Lakshmi* para equilibrar y energizar su chakra sacro.

Afirmaciones: Utilice afirmaciones positivas para fortalecer su conexión con *Svadhisthana* y evocar la creatividad, el placer y la fluidez.

Los martes, empiece el día con un ejercicio de meditación. Siéntese en una posición cómoda y concéntrese en su respiración mientras conecta con su chakra sacro. Mientras medita, piense en las cualidades de este poderoso centro de energía dentro de usted y repita afirmaciones que evoquen estas cualidades.

Después de la meditación, pase a los mudras y concéntrese en sentirse equilibrado, lleno de energía y abierto. También puede incorporar a esta parte de su rutina algunas de las afirmaciones que ha repetido durante la meditación.

Miércoles - Diario, alimentos de color naranja, arte

Escriba un diario: Escriba sobre cómo se siente en diferentes áreas de su vida o simplemente dedique tiempo a meditar para conectar con su chakra sacro.

Alimentos de color naranja: Coma alimentos de color naranja para sentirse más conectado con su chakra sacro y promover la creatividad y el placer.

Arte: Cree algo bonito o simplemente admire la belleza que le rodea.

Los miércoles, empiece el día escribiendo un diario sobre sus sentimientos. Es una forma estupenda de conectar con su chakra sacro y liberar las emociones reprimidas que se esconden bajo la superficie.

Además, coma muchos alimentos de color naranja a lo largo del día, como frutas, verduras e incluso especias como la cúrcuma y el azafrán. Esto no solo le ayudará a sentirse más conectado con su chakra sacro, también fomentará la creatividad y el placer.

Termine su día haciendo algo creativo o simplemente admirando la belleza que le rodea. Esto es tan sencillo como dar un paseo por la naturaleza o visitar una galería de arte. Haga lo que haga, procure que sea un momento de pura alegría y belleza.

Jueves - *Pranayama*, mantra, poesía

***Pranayama*:** Practique ejercicios de *pranayama* como *Ujjayi* y *Nadi Shodhana* para equilibrar y energizar su chakra sacro.

Mantra: Cante el mantra *Svadhisthana* para conectar con este poderoso centro energético.

Poesía: Escriba un poema o lea una poesía que le hable a su alma.

Los jueves, empiece el día con ejercicios de *pranayama*. Le ayudarán a sentirse más conectado con su chakra sacro y a liberar la energía estancada que bloquea el flujo de esta fuente de energía.

Después del *pranayama*, centre su atención en conectar con *Svadhisthana* cantando el mantra *Svadhisthana* o repitiéndolo en su mente.

Termine el día escribiendo o leyendo un poema que le hable a su alma. Puede ser suyo o escrito por otra persona. En cualquier caso, será una bendición conectar con esta hermosa forma de arte y permitir que calme su alma.

Viernes - Yoga, visualizaciones, gratitud

Yoga: Practique posturas de yoga para abrir y equilibrar su chakra sacro.

Visualizaciones: Concéntrese en visualizar e imagínese viviendo una vida de placer, creatividad y alegría.

Gratitud: Tómese un tiempo para reflexionar sobre todas las cosas que agradece en su vida.

Los viernes, empiece el día con una práctica de yoga que le ayude a abrir y equilibrar su chakra sacro. Puede ser una mezcla de diferentes posturas que le atraigan o una secuencia específica que quiera probar.

Después de su práctica de yoga, dedique un tiempo a visualizarse e imaginarse viviendo una vida de placer, creatividad y alegría. Puede ser cualquier cosa, viajando a diferentes lugares, persiguiendo una pasión creativa o simplemente disfrutando de su vida cotidiana.

Termine el día reflexionando sobre todo lo que agradece en su vida. Puede tratarse de cualquier cosa, desde la salud hasta la familia, pasando por los amigos y las posesiones materiales. Sea lo que sea que agradezca, asegúrese de apreciarlo plenamente durante un momento.

Sábado - Mudras, cristales, ropa naranja

Mudras: Practique mudras como el *Shakti* y el *Apana* para conectar con su chakra sacro.

Cristales: Trabaje con cristales como la cornalina y la calcita naranja para equilibrar y energizar su chakra sacro.

Ropa naranja: Use ropa, joyas y accesorios de color naranja para lograr una sensación de placer y alegría en su vida.

Los sábados, empiece el día practicando mudras sencillos que le ayuden a conectar con su chakra sacro. Puede ser cualquiera, desde el *Shakti* hasta el *Apana.*

Después de su práctica de mudras, trabaje con cristales como la cornalina y la calcita naranja para equilibrar y energizar su chakra sacro. Sostenga los cristales en su mano o colóquelos cerca de usted durante todo el día.

Termine el día usando ropa, joyas y accesorios de color naranja para promover una sensación de placer y alegría en su vida. Puede ser cualquier cosa, desde usar un pañuelo o un anillo hasta rodearse de objetos predominantemente naranjas.

Domingo - Reflexión, arte, diario

Reflexión: Tómese un tiempo cada semana para reflexionar sobre cómo puede vivir una vida más placentera.

Arte: Cree una obra de arte en la que exprese su creatividad.

Diario: Escriba en su diario sus experiencias de placer, creatividad y alegría.

Los domingos, empiece el día reflexionando sobre cómo puede vivir una vida más placentera. Puede ser cualquier cosa, desde pequeños cambios en su rutina diaria hasta perseguir un objetivo a largo plazo que le apasione.

Tras su tiempo de autorreflexión, cree una obra de arte en la que exprese su creatividad. Puede ser cualquier cosa, desde una pintura o un dibujo hasta un poema o una canción. No hay límites para la creatividad, así que deje volar su imaginación.

Termine el día escribiendo en su diario sus experiencias con el placer, la creatividad y la alegría. Puede ser cualquier cosa, desde contar un recuerdo que le haya hecho feliz hasta pensar en formas de aportar más placer a su vida. Independientemente de lo que decida escribir, reflexione sobre sus experiencias con estas emociones.

Como puede ver, hay varias formas de trabajar con su chakra sacro. Mezcle y combine estas actividades para crear la rutina que mejor le funcione. Si necesita ayuda para hacer una rutina, la siguiente sección ofrece algunos consejos e ideas útiles para empezar.

Cómo crear su propia rutina para los chakras

Tener una energía equilibrada y enraizada es esencial para su salud y bienestar, y ahí es donde entran los chakras. Puede generar un estado equilibrado física y emocionalmente aprendiendo a identificar y energizar sus chakras. Hay formas diferentes de trabajar con los chakras, incluyendo ejercicios de visualización y meditaciones guiadas.

Una estrategia sencilla es crear su propia rutina de chakras. Esto implica actividades como el yoga, un diario o la aromaterapia, que se dirigen a áreas específicas del cuerpo y la mente. Tanto si decide utilizar una sola técnica como si prefiere variar, la clave es mantener la constancia para ver los resultados. Con práctica y paciencia, estará en camino de crear una rutina definitiva para los chakras que traerá armonía y equilibrio a todos los aspectos de su vida.

Selección de las posturas

Seleccionar las posturas de yoga con las que trabajará chakras puede ser desalentador al principio. Sin embargo, hay muchas formas en las que puede tomar esta decisión. Una opción es incluir en su rutina de chakras posturas específicas correspondientes a cada uno de los siete chakras principales. Por ejemplo, puede elegir una postura como la del camello o la *Anahata* para abrir su chakra del corazón.

Si está trabajando con su chakra raíz, podría elegir posturas como la postura del garuda o la del chakra *Muladhara*. En última instancia, la mejor manera de seleccionar las posturas es experimentar y determinar cómo se siente bien. No existe un enfoque único para trabajar con los chakras, así que confíe en su intuición y deje que su cuerpo le guíe.

Algunas cosas esenciales que debes tener en cuenta al seleccionar sus posturas:

1. Asegúrese de calentar el cuerpo antes de empezar. El calentamiento ayuda a preparar el cuerpo para la actividad física y previene las lesiones.
2. Empiece con posturas básicas y vaya avanzando poco a poco hasta llegar a las más avanzadas. Es importante que escuche a su cuerpo y no se exija demasiado.
3. Concéntrese en lo que cada postura hace por usted y por su cuerpo en lugar de obligarse a una forma determinada.
4. Preste atención a su respiración; es un componente clave de todas las posturas de yoga, así que asegúrese de que respira profunda y completamente en cada postura.

Elección de la técnica de meditación

Otro aspecto importante a la hora de crear su rutina de chakras es elegir una técnica de meditación que le ayude a conectar con sus chakras en un nivel más profundo. No hay una forma correcta o incorrecta de meditar, así que experimente con diferentes técnicas y descubra la que mejor funcione para su cuerpo y su mente. Algunas opciones especialmente eficaces para la meditación de los chakras son:

1. **Visualización guiada:** Implica concentrarse en una imagen particular o una representación mental de cada chakra.
2. **Afirmación de los chakras:** Repetir una determinada frase o mantra correspondiente a cada chakra ayuda a fortalecer la energía de esa zona.

3. **Mantras de los chakras:** De forma similar a la afirmación, utilice un mantra o frase correspondiente a cada chakra. La clave es concentrarse en las palabras y su significado y no limitarse a repetirlas sin sentido.
4. **Meditación con sonidos de los chakras:** Consiste en emitir un sonido correspondiente a cada chakra. Por ejemplo, puede hacer un sonido «ha» para el chakra raíz y un sonido «so» para el chakra de la corona.
5. **Símbolos de los chakras:** Dibuje los símbolos de los chakras en el aire con las manos o con un objeto de poder. También puede imprimir copias de los símbolos y meditar sobre ellos.

Incorporación de actividades de curación de los chakras

Además del yoga y la meditación, hay otras actividades que benefician a sus chakras. Por ejemplo, puede incorporar a su rutina la aromaterapia, el trabajo con cristales o la terapia del color. He aquí algunas ideas para empezar:

- **Aromaterapia:** Se utilizan diferentes aceites esenciales correspondientes a cada chakra. Por ejemplo, utilice aceite de lavanda para el chakra de la corona o aceite de rosa para el chakra del corazón.
- **Cristales:** Los diferentes cristales tienen propiedades específicas y puede utilizarlos para equilibrar cada chakra. Por ejemplo, la amatista se utiliza a menudo para el chakra de la corona, mientras que el granate se utiliza para el chakra de la raíz.
- **Terapia del color:** Se utilizan diferentes colores para equilibrar cada chakra. Por ejemplo, usar ropa naranja o rodearse de objetos de color naranja es beneficioso para equilibrar el chakra sacro.

Reflexión sobre la rutina semanal

Al final de cada día, tómese unos minutos para reflexionar sobre su rutina de chakras y el efecto que está teniendo en su vida. Esta es una forma muy poderosa de mantenerse en el camino y a cosechar todos los beneficios. Algunas preguntas que puede hacerse son:

1. ¿Cómo me he sentido después de mi rutina?
2. ¿He notado algún cambio en mis niveles de energía o en mi estado de ánimo?
3. ¿Qué quiero crear o traer al mundo?
4. ¿Estoy alimentando mis pasiones creativas?
5. ¿Disfruté de las actividades que elegí?
6. ¿Cómo puedo mejorar mi rutina?
7. ¿Cuáles son los mayores retos a los que me he enfrentado esta semana?
8. ¿Cómo puedo superarlos?
9. ¿Cuáles han sido mis éxitos esta semana?
10. ¿Qué puedo hacer para repetirlos?

Consejos adicionales

- **Lleve un diario:** Llevar un diario es una buena manera de registrar su progreso y reflexionar sobre sus experiencias.
- **Busque un amigo:** A menudo, es útil estar con otra persona que también esté interesada en la curación de los chakras. De este modo, se pueden apoyar y motivar mutuamente.
- **Únase a un grupo:** Muchos grupos en línea y presenciales se centran en la sanación de los chakras. Unirse a ellos es una gran manera de inspirarse y conectar con personas de ideas afines.
- **No se desanime:** Recuerde que equilibrar sus chakras es un proceso y puede llevar tiempo ver los resultados. Confíe en el trabajo que está haciendo y en el impacto positivo que tiene en su vida, aunque los efectos no sean evidentes inmediatamente.
- **Establezca objetivos realistas:** Es importante establecer objetivos realistas y alcanzables que no se conviertan en algo una «obligación». Los objetivos realistas le ayudan a mantenerse motivado y a no sentirse abrumado.

La curación de los chakras es muy poderosa para mejorar su bienestar físico, mental y emocional. Puede equilibrar sus chakras y experimentar una amplia gama de beneficios incorporando una rutina semanal de yoga, meditación y otras prácticas. Recuerde que no se trata de una solución rápida, que lleva tiempo, dedicación y paciencia ver los resultados. Pero con la mentalidad y la motivación adecuadas, su viaje de sanación de los chakras impulsará un cambio positivo y duradero en su vida.

Bono: De *Svadhisthana* a los chakras superiores

«Cuando sientas lo celestial en tu corazón, te darás cuenta de que la belleza de tu alma es tan pura, tan vasta y tan drástica que no tienes otra opción que fundirte con ella. No tienes otra opción que sentir el ritmo del universo en el ritmo de tu corazón». - Amit Ray

Equilibrar el chakra sacro es un reto, pero es esencial para pasar a los chakras superiores. Cuando el chakra sacro está equilibrado, la creatividad y la energía sexual están en armonía. Una vez que haya logrado esto, puede concentrarse en los niveles superiores de conciencia.

Los chakras superiores son el plexo solar, el chakra del corazón, el chakra de la garganta, el chakra del tercer ojo y el chakra de la corona. Cada uno tiene un papel único, y equilibrarlos es fundamental para lograr la iluminación espiritual. Este capítulo proporciona una visión general de los chakras superiores y ofrece consejos para equilibrarlos.

Las posibilidades de un chakra sacro equilibrado

Una vez que el chakra sacro está equilibrado, se abren varias posibilidades. Por ejemplo, puede que le resulte más fácil expresarse de forma creativa. También puede descubrir que tiene más energía y entusiasmo, o que sus relaciones mejoran al estar más abierto a la intimidad y a conexiones emocionales más cercanas.

Cada persona experimenta los beneficios del equilibrio del chakra sacro de forma diferente, pero estas son algunas posibilidades comunes. Por lo tanto, si su objetivo es realizar cambios positivos en su vida, equilibrar su chakra sacro es un buen punto de partida. Tenga en cuenta que las posibilidades son infinitas, y el único límite es su imaginación.

Un chakra sacro equilibrado significa que está preparado para pasar a los chakras superiores. Es importante aprender más sobre cada chakra y cómo equilibrarlo si está interesado en explorar su ser espiritual.

El paso a los chakras superiores

Pasar a los chakras superiores después de trabajar y equilibrar el chakra sacro puede ser un poco desalentador al principio. Sin embargo, con concentración e intención, es posible. Empiece con ejercicios que cultiven una mayor conciencia de sus pensamientos y emociones: actividades como la meditación y la escritura de un diario son excelentes formas de abrirse a este importante trabajo.

Pasar tiempo en la naturaleza o realizar actividades como el yoga o los estiramientos son formas excelentes de mantener la energía fluyendo libremente a medida que se asciende por los chakras. En última instancia, es importante abordar este proceso con una mente abierta y curiosidad. Si se adentra en él con escepticismo y resistencia, su progreso no será tan efectivo.

Supongamos que lo aborda con apertura y voluntad de aprender. En ese caso, descubrirá más sobre usted mismo y desbloqueará niveles mayores de crecimiento, curación y transformación a medida que avanza en este viaje de descubrimiento.

El papel de los chakras superiores, sus símbolos, usos y síntomas de bloqueo

Chakra del plexo solar - *Manipura*

Función: El chakra del plexo solar tiene que ver con la autoconfianza y el poder personal. Es la sede de su voluntad y carácter y se relaciona con su metabolismo. El chakra del plexo solar tiene que ver con tomar el control de su vida, establecer límites y lograr sus objetivos.

Símbolo: El símbolo del chakra del plexo solar es un triángulo dentro de un loto. El loto significa que este chakra puede florecer y crecer como una flor. El triángulo simboliza la necesidad de equilibrio y armonía para aprovechar su potencial.

Uso: El chakra del plexo solar es responsable de su poder, confianza y voluntad. Cuando está abierto, usted se siente en control de su vida y logra sus objetivos. Puede establecer límites y sentirse dueño de su destino.

Síntomas de bloqueo: Cuando este chakra está bloqueado, se siente impotente y sin el control de su vida. Le cuesta poner límites o decir «no» a los demás, además de que sufre problemas digestivos o de un metabolismo desequilibrado.

Cómo desbloquearlo: Los ejercicios que aumentan la confianza y la autoestima abren el chakra del plexo solar. Póngase delante de un espejo y haga una lista de las cosas que le gustan de usted mismo. Practique yoga o ejercicios de estiramiento y pase tiempo en la naturaleza o con personas que le hagan sentir bien para ayudar a su cuerpo a sentirse fuerte y saludable.

Chakra del corazón - *Anahata*

Función: El chakra del corazón tiene que ver con el amor y la compasión, ya que es donde se sienten las emociones. También está relacionado con la percepción del mundo circundante y con la forma de verse a sí mismo. Este chakra determina el equilibrio interno y en las relaciones con los demás.

Símbolo: El símbolo del chakra del corazón es un loto con doce pétalos. Los doce pétalos representan las doce letras del alfabeto sánscrito, que son la base de la creación. El color del chakra del corazón es el verde, que representa el equilibrio y la armonía.

Uso: El chakra del corazón está vinculado a las emociones y a cómo se expresan. Cuando lo tiene abierto, siente un profundo amor por quienes le rodean. También tiene compasión por usted mismo y por los demás y siempre ve la belleza en el mundo.

Síntomas de bloqueo: Cuando este chakra está bloqueado, causa problemas para expresar las emociones, miedo de mostrar los verdaderos sentimientos a los demás o una sensación emocional de aislamiento. También puede causar dolor físico en la zona del corazón o el pecho.

Cómo desbloquearlo: Una forma de abrir el chakra del corazón es pasar tiempo en la naturaleza. Rodéese de belleza y permítase sentir la paz y la calma que trae. También puede trabajar en el perdón a usted mismo y a los demás. Hable con un terapeuta o un amigo sobre sus sentimientos y aprenda a dejar ir el pasado.

Chakra de la garganta - *Vishuddha*

Función: El chakra de la garganta tiene que ver con la comunicación y la expresión. Está relacionado con su capacidad de manifestarse sinceramente y ser escuchado por los demás. El chakra de la garganta también está relacionado con la creatividad y la expresión a través del arte o la escritura.

Símbolo: El símbolo del chakra de la garganta es un círculo con un triángulo en su interior que apunta hacia abajo. El triángulo representa el elemento agua, la fuente de la vida. El color del chakra de la garganta es el azul, que representa la comunicación y la expresión.

Uso: El chakra de la garganta es el responsable de su capacidad de comunicación efectiva. Cuando este chakra está abierto, se siente seguro hablando frente a los demás y compartiendo sus pensamientos e ideas. Además, se siente cómodo expresándose creativamente a través de la pintura, la escritura o la música.

Síntomas de bloqueo: Cuando tiene este chakra bloqueado, tiene problemas para expresarse ante los demás o para comunicar sus deseos y anhelos. Se guarda sus pensamientos y sentimientos o se apresura a hablar sin pensar. También tiene problemas con las cuerdas vocales o la glándula tiroides.

Cómo desbloquearlo: Una forma de abrir el chakra de la garganta es expresarse de forma creativa. Encuentre una forma de expresión que le guste y desarróllela tanto como le sea posible. También puede cantar o recitar para despejar los bloqueos en su chakra de la garganta. Por último, trabaje en sus habilidades de comunicación y aprenda a escuchar más que a hablar.

Chakra del tercer ojo - *Ajna*

Función: El chakra del tercer ojo tiene que ver con su intuición y su capacidad de entender el mundo. Está asociado con la comprensión de lo que le rodea y la toma de decisiones sabias basadas en esa comprensión. El chakra del tercer ojo también rige la imaginación y la creatividad.

Símbolo: El símbolo del chakra del tercer ojo es un loto con dos pétalos, que representan la naturaleza dual de la creación y la destrucción, como la noche y el día o el nacimiento y la muerte. El color del chakra del tercer ojo es el índigo, un púrpura profundo que representa la intuición. El mantra *Om* también se asocia con el chakra del tercer ojo, ya que promueve el pensamiento intuitivo.

Uso: El chakra del tercer ojo es la puerta de entrada a la intuición, la imaginación y la sabiduría. Cuando este chakra está abierto, puede ver con claridad y tomar decisiones sabias basadas en su percepción clara. También accede a su lado creativo y utiliza su imaginación libremente.

Síntomas de bloqueo: Cuando este chakra está bloqueado, tiene problemas para tomar decisiones basadas en su intuición. Tampoco usa su imaginación para ver cosas y experimenta síntomas físicos como dolores de cabeza, problemas oculares o convulsiones.

Cómo desbloquearlo: Una forma de abrir el chakra del tercer ojo es la meditación. Siéntese en una posición cómoda y concéntrese en su respiración. Visualice una luz brillante que alumbra a través de su chakra del tercer ojo mientras inhala y exhala. Practique posturas de yoga para abrir el chakra del tercer ojo, como la postura del camello o la del niño. Por último, utilice la aromaterapia con aceites esenciales como la lavanda o el incienso.

Chakra de la corona - *Sahasrara*

Función: El chakra de la corona tiene que ver con la conexión espiritual y la iluminación. Se dice que es la puerta de entrada a la conciencia cósmica. Le ayudará a ver más allá del mundo físico y a conectar con lo divino.

Símbolo: El símbolo del chakra de la corona es una flor de loto con mil pétalos. Representa los múltiples aspectos del universo que están interconectados. El color del chakra de la corona es el violeta, que representa la espiritualidad y la conexión con lo divino.

Uso: El chakra de la corona es la puerta de entrada a la iluminación y a la conexión con el universo. Cuando tiene este chakra abierto, siente que está vinculado con todo lo que existe. Además, accede a su conciencia superior y se conecta con lo divino.

Síntomas de bloqueo: Cuando este chakra está bloqueado, se siente desconectado del mundo y de usted mismo y experimenta síntomas físicos como dolores de cabeza, migrañas o depresión. También le resulta difícil conectar con su ser superior o con lo divino.

Cómo desbloquearlo: Una forma de abrir el chakra de la corona es la meditación. Siéntese en una posición cómoda y concéntrese en su respiración. Visualice una luz brillante que le ilumina desde arriba mientras inhala y exhala. Practique posturas de yoga que àbran el chakra de la corona, como la postura del cadáver o la del camello. Por último, utilice la aromaterapia con aceites esenciales como el sándalo o el loto.

Ahora que sabe un poco más sobre la función de cada chakra, veamos las formas de abrirlos y equilibrarlos.

Formas de abrir y equilibrar los chakras

Hay muchas formas de abrir y equilibrar los chakras, desde ejercicios específicos y técnicas de meditación hasta cambios en la dieta y el estilo de vida. Lo más importante es ser constante en sus prácticas, es la clave para cosechar todos los beneficios de los chakras.

1. Practicar la meditación con regularidad

Una de las formas más sencillas y eficaces de abrir y equilibrar los chakras es la meditación regular. Centrarse en uno o más chakras específicos durante las sesiones de meditación ayuda a que estos centros de energía se alineen entre sí. Esto permite un mayor flujo de energía en todo el cuerpo, aumentando la vitalidad, el bienestar y la paz.

Además, las investigaciones han demostrado que la meditación regular tiene efectos positivos en la salud general y la prevención de enfermedades, lo que la convierte en una gran opción para cualquiera que busque abrir y equilibrar sus chakras. Si es nuevo en la meditación, comience con unos pocos minutos al día y aumente gradualmente la duración a medida que se sienta más cómodo.

Es fundamental concentrarse en la respiración. Simplemente siéntese cómodo, cierre los ojos y respire profundamente. Imagine que su respiración fluye dentro y fuera de usted con cada inhalación y exhalación.

2. Utilizar cristales

Los cristales se han utilizado durante mucho tiempo en diversas prácticas espirituales para concentrar la energía y promover la curación. Cada cristal contiene su energía vibratoria y se dirige hacia puntos específicos de los chakras para fomentar el flujo energético y promover el equilibrio. Los cristales más populares para trabajar con los chakras son la amatista, el cuarzo rosa y la obsidiana.

Basta con sostener un cristal en la mano mientras se concentra en abrir el chakra correspondiente. También puede colocar el cristal directamente en el punto del cuerpo correspondiente al chakra que quiera trabajar para lograr efectos más potentes. Con la práctica regular, puede aprovechar el poder de los cristales para mantener su mente, cuerpo y espíritu alineados y lograr el crecimiento espiritual y la felicidad.

3. Incorporar alimentos saludables a la dieta

Ciertos alimentos tienen un impacto en sus chakras, y la incorporación de una mayor cantidad de ellos en su dieta abre y equilibra estos centros de energía. Por ejemplo, las verduras verdes limpian y abren el chakra del corazón, mientras que el consumo de frutas y verduras amarillas y naranjas estimula el chakra del plexo solar.

Estos alimentos no solo están repletos de nutrientes esenciales para la buena salud, sino que también contienen compuestos que favorecen el equilibrio del sistema de chakras. Además de llevar una dieta saludable, puede utilizar suplementos y aceites esenciales para fomentar el equilibrio de sus chakras.

Aunque añadir alimentos saludables para los chakras a su dieta es una buena idea, también es importante que preste atención a la calidad de los alimentos. Debe evitar los alimentos procesados y los que tienen un alto contenido de azúcar y grasa, ya que bloquean los chakras y reducen el flujo de energía en todo el cuerpo.

4. Hacer mucho ejercicio

Una de las cosas más importantes para mantener sus chakras equilibrados es hacer mucho ejercicio físico. El ejercicio mueve la energía a través del cuerpo y otorga una sensación de bienestar. También ayuda a conectar con la tierra y a mantenerse centrado. Es más fácil estar emocional y espiritualmente saludable cuando se está físicamente sano.

No hay pocas opciones de ejercicio disponibles, así que encuentre algo que le guste y le haga sentir bien. Caminar, correr, montar en bicicleta, nadar, hacer yoga y bailar son formas estupendas de mover la energía. Sin embargo, es imperativo que no haga ejercicio en exceso, ya que esto puede conducir a un desequilibrio. Encuentre un equilibrio saludable que funcione para usted y manténgalo.

5. Conectar con la naturaleza

Otra gran manera de abrir y equilibrar sus chakras es conectando con la naturaleza. Pase tiempo al aire libre, bajo el sol, vaya a dar un paseo por el parque o siéntese bajo un árbol. Respire aire fresco y sienta el cálido sol en su piel. Deje que la naturaleza lo conecte y le proporcione sensaciones de paz y equilibrio. También es importante despejar la mente, así que deje atrás los pensamientos estresantes y las preocupaciones.

También puede abrir y equilibrar sus chakras mediante la meditación cuando esté en la naturaleza. Concéntrese en su respiración y permita que su mente se calme. Escuche los sonidos que le rodean y concéntrese en las sensaciones de su cuerpo. Conectar con su respiración le ayuda a conectar con el momento presente y a lograr una sensación de calma. Si se toma un tiempo para concentrarse en su respiración, abrirá y equilibrará sus chakras.

6. Acceder a una lectura de los chakras

Siempre puede pedir una lectura de los chakras si está buscando formas más específicas de abrirlos y equilibrarlos. Una lectura de chakras proporciona información sobre sus chakras desequilibrados y qué puede hacer para corregir los problemas. También le da una mejor comprensión del papel de cada chakra en su bienestar.

Las lecturas de chakras suelen realizarse con la ayuda de un lector o sanador capacitado. Esta persona se conecta con la energía que le rodea y siente dónde hay bloqueos o desequilibrios. Una vez que ha identificado las áreas problemáticas, le ayuda a encontrar formas de abrir y equilibrar los chakras.

A medida que avanza en su búsqueda para abrir y equilibrar sus chakras, puede ser útil consultar con un profesional. Las lecturas de chakras se realizan en persona o a distancia, y a menudo incluyen cristales, aromaterapia y reiki. Sin embargo, si está interesado en explorar esta opción, es esencial consultar con un profesional cualificado que le haga sentir cómodo.

Una vez equilibrado el chakra sacro, puede pasar a los chakras superiores, como el plexo solar, el corazón, la garganta, el tercer ojo y la corona. La visualización, los diarios y los masajes son las formas más recomendadas para abrir y equilibrar estos chakras.

Lo más importante para abrir y equilibrar sus chakras es la paciencia y la constancia en las prácticas que adopte. Necesita tiempo y esfuerzo para eliminar los bloqueos y devolver la armonía a su vida. Pero si se compromete con usted mismo y con su bienestar, los cambios positivos en su vida recompensarán el esfuerzo.

Conclusión

Conocido como *Svadhisthana*, el chakra sacro está situado en la base de la columna vertebral, justo encima del coxis. El color asociado a este chakra es el naranja y su elemento es el agua. Está relacionado con la sexualidad, la creatividad, el placer y las emociones. Cuando tiene este chakra equilibrado, puede disfrutar a través de los sentidos y experimentar el placer en todos los aspectos de la vida. El chakra sacro también afecta la salud física al mejorar la digestión y la asimilación de los nutrientes de los alimentos que se ingieren.

Para que este chakra esté bien equilibrado, es importante consumir alimentos ricos en proteínas como las arvejas, los frutos secos, las semillas y los cereales integrales como la quinoa o el arroz integral. Las verduras como las zanahorias o las batatas también son buenas opciones, ya que proporcionan al cuerpo energía vital. Otra cosa importante para comer de forma saludable es evitar los alimentos procesados con sabores o colores artificiales, ya que dañan las emociones si se consumen con demasiada frecuencia.

El primer capítulo de esta guía se centró en la historia y los antecedentes del chakra sacro. En el segundo capítulo, se exploró lo que significa tener un chakra sacro bloqueado y cómo identificarlo. En el tercer capítulo, se analizaron diferentes técnicas de meditación y visualización para despejar los bloqueos energéticos y restablecer el equilibrio del chakra sacro.

En el cuarto capítulo, se vieron las formas de utilizar mantras y afirmaciones para influir en el flujo de energía en esta zona. En el quinto capítulo se exploraron los mudras y el *pranayama* y su papel para mejorar la salud del chakra sacro. En el sexto capítulo, se proporcionaron sugerencias de posturas y secuencias de yoga para abrir y equilibrar el chakra sacro.

El séptimo capítulo se centró en el uso de cristales y piedras para favorecer la salud del chakra sacro. En el octavo, se habló de cómo los aceites esenciales utilizados en un difusor de aromaterapia ayudan a equilibrar y sanar este chakra. En el capítulo nueve se exploró cómo la dieta y la nutrición juegan un papel crucial para la salud y el equilibrio del chakra sacro. Por último, en el capítulo diez, se brindó una rutina de siete días para este centro energético que ayuda a fortalecerlo y mantenerlo sano.

Esta guía contiene muchos consejos y técnicas para mantener el chakra sacro sano y saludable. Tanto si necesita arreglar un problema específico como si simplemente quiere aprender más sobre este centro energético, estas sugerencias le ayudarán en su viaje. Su chakra sacro se mantendrá sano y equilibrado con la práctica regular y la atención proporcionada por este libro.

Vea más libros escritos por Mari Silva

Su regalo gratuito

¡Gracias por descargar este libro! Si desea aprender más acerca de varios temas de espiritualidad, entonces únase a la comunidad de Mari Silva y obtenga el MP3 de meditación guiada para despertar su tercer ojo. Este MP3 de meditación guiada está diseñado para abrir y fortalecer el tercer ojo para que pueda experimentar un estado superior de conciencia.

https://livetolearn.lpages.co/mari-silva-third-eye-meditation-mp3-spanish/

Referencias

Editores, Y. J., Indries, M., Marglin, A. T., & LaRue, M. B. (2021, 27 de abril). Lo que hay que saber sobre el chakra sacro. Yoga Journal. https://www.yogajournal.com/yoga-101/intro-sacral-chakra-svadhisthana/

Estrada, J. (2022, 1 de abril). Cómo sanar su chakra sacro y conseguir que su energía creativa y sexual fluya libremente. Well+Good. https://www.wellandgood.com/sacral-chakra-healing/

Jain, R. (2020, 26 de agosto). *Svadhishthana* - Chakra sacro: Todo lo que necesita saber. Arhanta Yoga Ashrams. https://www.arhantayoga.org/blog/svadhishthana-chakra-all-you-need-to-know-about-the-sacral-chakra/

Regan, S. (2020, 16 de julio). Seis maneras de equilibrar su chakra sacro, un punto caliente para la creatividad y la sexualidad. Mindbodygreen. https://www.mindbodygreen.com/0-5332/6-Ways-to-Balance-Your-Sacral-ya.html

El equipo de Refinería. (2018, 31 de enero). El chakra sacro. The Refinery. https://therefinerye9.com/the-sacral-chakra/

El chakra sacro: Descubra y alinee el segundo chakra. (n.d.). Art Of Living (Estados Unidos).

Cómo usar el chakra sacro para comprometerse con su sexualidad. (2017, 6 de junio). Viva Center. https://www.vivapartnership.com/optimal-living/using-sacral-chakra-to-engage-with-your-sexuality/

¿Quiere profundizar en su sensualidad? Observe el chakra sacro. (2021, 6 de diciembre). Healthline. https://www.healthline.com/health/mind-body/sacral-chakra

www.ingramcontent.com/pod-product-compliance
Lightning Source LLC
Chambersburg PA
CBHW060622310726
48982CB00003B/641

* 9 7 8 1 6 3 8 1 8 2 0 4 7 *